वाणी प्रकाशन ग्रुप

भारतीय ज्ञानपीठ

वाणी प्रकाशन : भारतीय ज्ञानपीठ की पुस्तकों के एकमात्र प्रकाशक एवं वितरक

AF795112

चिड़िया और मुस्कुराहट

चिड़िया और मुस्कुराहट

आनंद हर्षुल

वाणी प्रकाशन ग्रुप

भारतीय ज्ञानपीठ

वाणी प्रकाशन : भारतीय ज्ञानपीठ की पुस्तकों के एकमात्र प्रकाशक एवं वितरक

सजिल्द पहला संस्करण : 2025

प्रकाशक

वाणी प्रकाशन ग्रुप

4695, 21-ए, दरियागंज, नयी दिल्ली-110 002
फ़ोन : 011-23273167, 23275710
ईमेल : sales@vaniprakashan.in

चिड़िया और मुस्कुराहट
(कहानी-संग्रह)
आनंद हर्षुल

ISBN : 978-93-6944-529-5

मूल्य : **399**

मुद्रक : *सिटी प्रेस, दिल्ली-110 095 में मुद्रित*

CHIDIYA AUR MUSKURAHAT (Collection of Stories) : *by* Anand Harshul

राजेश पाण्डे, अरुण तिवारी, नागेश कटरे, सुभाष मिश्र, सी.पी. नायक, जयप्रकाश, मनोज रूपड़ा और नवीन जैसे मित्रों के लिए और उन मित्रताओं के लिए भी जो अब पास उस तरह बची नहीं हैं, जैसी वे कभी थीं मेरे पास...

कथानुक्रम

पुतले	9
डूबते सूरज का रेगिस्तान	21
विज्ञापन	25
कबाड़	42
गन्ध	63
हत्यारा	80
चिड़िया और मुस्कुराहट	103

पुतले

वे सीमेंट के थे–छह पुतले। सीमेंट के रंग की ही साँवली त्वचा लिये। काँच की रंगीन गोलियों और चीनी मिट्टी के टूटे बर्तनों से, उनकी त्वचा सजी थी। इन काँच की गोलियों का खेल, बच्चे अब भूल चुके थे। बच्चे अब कम्प्यूटर और मोबाइल के स्क्रीन पर, दुनिया से खेल रहे थे। उन स्क्रीनों के भीतर काँच की गोलियों का उस तरह का कोई खेल नहीं था, जैसा धरती पर कभी, उन बच्चों के पूर्वजों के बचपन में था। यही हाल चीनी मिट्टी के बर्तनों का भी था, वे इस तरह तड़क चुके थे कि अब किसी काम के नहीं बचे थे और खाने के टेबल से बाहर हो गये थे।

पुतलों की देह, मनुष्य के इस्तेमाल से बाहर आ गयी चीज़ों से सजी बनी थी। यह अलग बात है कि मनुष्य के कारीगर हाथ उनकी देह पर झिलमिलाते-से दिख रहे थे : मनुष्य की अँगुलियों की झिलमिलाती थाप।

पुतलों का क़द बहुत बड़ा नहीं था। वे बच्चों के क़द में, जैसे बड़ों का चेहरा पहने हुए थे। इनमें चार पुरुष थे और दो स्त्रियाँ। स्त्रियाँ, पुरुषों के बीच थीं सर पर टोकरी रखी। एक स्त्री की टोकरी में मछलियाँ थीं और दूसरी स्त्री की टोकरी में सब्ज़ियाँ। टोकरी में रखी मछलियाँ, बरसों हो गये अब तक सड़ी नहीं थीं और सब्ज़ियाँ अब भी ताज़ी थीं। सीमेंट के पुरुषों की पीठ, उनके बीच में खड़ी उन दो सीमेंट की स्त्रियों की ओर थीं। यहाँ जीवित पुरुष और सीमेंट के पुरुष में कोई अन्तर नहीं था। पुरुष-पुतले, स्त्री-पुतलों को नहीं, पृथ्वी की चार दिशाओं को देखते खड़े थे। पृथ्वी की चारों दिशाएँ, पुरुष-पुतलों के कंचे की आँखों में आकर डूब रही थीं।

इन छह पुतलों के चारों ओर लोहे की मोटी छड़ों से बना गोल घेरा था। घेरा, सड़क से ढाई फ़ुट ऊँचे, ईंटों के गोल प्लेटफ़ॉर्म पर गड़ा हुआ था। लोहे की छड़ों के सिरों पर भाले थे। भालों की नोक, पुतलों को देखो तो आँखों में चुभती थी। यह किसी को मालूम नहीं था कि पुतले जब घेरे के बाहर देखते हैं तो उनकी कंची

आँखों में भाले की छाया गड़ती है या नहीं...कोई यह सोचता ही नहीं था कि पुतले भी देखते होंगे। स्त्री-पुतले, स्त्रियों की तरह और पुरुष-पुतले, पुरुषों की तरह देखते होंगे। इस चौक से, जितना उन्हें दिखता होगा—देखते होंगे उतना। जो नहीं दिखता होगा, वह अपने मन में देखते होंगे।

उन पुतलों के आसपास, लोहे के गोल और नुकीले घेरे के भीतर, मखमली घास उगी थी हरी। हरी घास के ऊपर फूलों के छोटे-छोटे पौधे उभरे हुए थे—कुछ इस तरह कि कोशिश कर थोड़ा और उभरना चाह रहे हों...थोड़ा और आसमान की ओर उठना...थोड़ा और पुतलों के क़द को छूने की कोशिश करना चाह रहे हों... उन उभरते फूलों ने, उस गोल घेरे को चटक रंगों से भर दिया था। नीला, पीला, लाल बैगनी। रंगों में, भालों की नुकीली और लोहे के स्वाद-सी छाया, कहीं-कहीं गड़ी-सी दिख रही थी और जहाँ-जहाँ वह गड़ी थी—रंग, वहाँ-वहाँ धुँधला गये थे।

इन फूलों के पास, बच्चों को भाने वाले सभी रंग थे। कभी कोई रंग फूलों का, खटकता था बच्चों के मन में, तो आश्चर्य कि फूल अपना रंग बदल लेते थे, जबकि बच्चे, उन फूलों को उस व्यस्त चौराहे के गुज़रते हुए, बस एक झलक ही देख पाते थे। बच्चों की उस एक झलक में उपजी खटक को, सीमेंट के इन पुतलों के आसपास उगे फूल तुरन्त पकड़ लेते थे और मुस्कुराते हुए अपना रंग बदल देते थे कि बच्चा जब अगली बार गुज़रे चौराहे से तो अपनी पसन्द का रंग, फूलों में देख सके।

फूल ऐसे खिले थे, जैसे वे पुतलों को छूने की कोशिश कर रहे हों। हरी घास इस तरह बेचैन थी, जैसे वह ऐसी हलचल अपने भीतर चाह रही हो कि पुतले जो दिखने में बड़ों की तरह थे, वे मन से बच्चे बन, उस पर खेल सकें। फूल और घास की इस कोशिश को आसमान ध्यान से देख रहा था और आसमान का नीला रंग, पुतलों के लिए हो रही, फूल और घास की इस निश्छल कोशिश पर झर रहा था...

चौक की गोल ऊँचाई पर उगी, इस हरी घास की ज़मीन पर, फूलों के पौधों के साथ-साथ, वे पुतले भी उगे हुए-से ही थे—मनुष्य की गढ़ी, थोड़ी सजावटी और थोड़ी बनावटी उस घास की हरी ऊँचाई-निचाई पर। इसीलिए वे छह पुतले एक-दूसरे से थोड़ा ऊपर नीचे खड़े थे। स्त्री—पुतलियाँ ढाल पर थीं, कुछ इस तरह कि चौक से उतरकर बाज़ार चली जायेंगी—सब्ज़ी और मछली बेचने और पुरुष-पुतले, अपने सामने दिखती दिशाओं पर निकल पड़ेंगे, अनन्त यात्रा पर जो समुद्र के किनारे जाकर ख़त्म होगी या समुद्र के तल पर, अथाह जल के नीचे।

पुतले इस शहर के सबसे आभिजात्य चौक पर खड़े थे। 'सिविल लाइंस स्क्वेअर' पर। शहर इसी चौक से उत्पन्न होने और इसी चौक पर समाप्त होने के लिए अभिशप्त था। यह चौक उस कॉलोनी के मध्य में था जो अपनी ताक़त से इस शहर को और इस राज्य को चला रही थी...इस राज्य का मुख्यमन्त्री, सारे मन्त्री, सारे आई.ए.एस., इसी कॉलोनी में रहते थे। वे छह पुतले अपनी कंची आँखों से उनकी आवाज़ाही देखते रहते थे। इन पुतलों की पलके थीं, सूर्य और चन्द्रमा। पुतलों की कँची आँखें, सूर्य की रोशनी में जागती थीं और चन्द्रमा की रोशनी में सोती थीं। पुतलों की पलकें पुतलों के चेहरे पर नहीं, जैसे आसमान में थीं और इस तरह आसमान में छह सूर्य और छह चन्द्रमा और थे, जब तक चौक पर थे छह पुतले।

सबसे बड़ी बात यह थी ये पुतले, महापुरुषों के पुतले नहीं थे। महापुरुषों के पुतले अपनी आँखों से कुछ नहीं देख पाते हैं। वे दिन में भी, अपनी आँखों के भीतर घना अँधेरा लिये, शहर के कई चैराहों पर खड़े रहते हैं। महापुरुषों के पुतलों के लिए, दिन और रात बराबर हैं। शहर और जंगल बराबर हैं। महापुरुषों के पुतले देखने के लिए नहीं, शहर को महान भव्यता देने के लिए शहर में जहाँ-तहाँ खड़े हैं, जैसे खड़े हों वे जंगल में, शहर में नहीं। जंगल में खँडहर होते पुराने मन्दिर की तरह, जिसमें रह रहे ईश्वर की पूजा जाने कब बन्द कर दी गयी है। इस राज्य का मुख्यमन्त्री, सारे मन्त्री, सारे अधिकारी, महापुरुषों के पुतलों के कारण ही इस चौराहे पर सामान्य जनों के पुतलों को अनदेखा करते हुए, महान भव्यता में आवाजाही कर रहे हैं। बेशर्म आवाजाही।

इस सिविल लाइंस स्क्वेअर पर खड़े पुतले, जिनके पास महापुरुषों का चेहरा नहीं था और जो एक-दूसरे की पीठ को महसूस कर रहे थे। वे घूमकर, एक-दूसरे की पीठ देखना चाह रहे थे। पर वे घूम नहीं पा रहे थे। पैर उनके गड़े हुए थे हरी घास के नीचे बिछी, काली के बाद भूरी और कड़ी मिट्टी के भीतर। इसलिए पुतलों के पास एक-दूसरे का चेहरा नहीं था और उन्हें यह पता नहीं था कि लगभग वे एक जैसे दिखते हैं। उन्हें यह भी पता नहीं था कि जब एक पुतला, मन ही मन मुस्कुराता है, तब ठीक उसी क्षण, सभी पुतले मन ही मन मुस्कुराते हैं। जब एक पुतला होता है दुखी तो सभी पुतले होते हैं दुखी। सच तो यह था कि पुतलों के पास ख़ुद के चेहरे भी नहीं थे और उन्हें यह नहीं पता था कि वे दिखते कैसे हैं। वे अपने को रचने वाली मनुष्य-अँगुलियों की हरकतों को याद कर, अपने चेहरे की कल्पना करते रहते थे और कभी ठीक-ठाक ढंग से अपने चेहरे तक अपनी कल्पना को नहीं पहुँचा पा रहे थे।

ख़ुद के चेहरे तो मनुष्यों के पास भी ठीक-ठाक नहीं हैं...आईना देखो तो चेहरा दिखता है...आईने के सामने से हटते ही चेहरा पास से ग़ायब हो रहा है...मनुष्य अपने चेहरे के आभासों को रच रहा है...मनुष्य चेहरे के आभासों के साथ जी रहा है...मरते समय मनुष्य के पास हमेशा दूसरों के चेहरे रहते हैं...मनुष्य दूसरों के चेहरों से रची गहराई में धीरे-धीरे डूबते हुए मरता है।

पुतलों के पास कोई आईना नहीं था। पुतलों के लिए अगर आसमान को आईना मान लें तो आसमान में पुतले अपना चेहरा नहीं देख पा रहे थे। पुतलों को चौराहे से गुज़रती मनुष्यों की आँखें देख रही थीं ज़रूर। पर मनुष्यों की आँखों में उभर नहीं पा रहा था पुतलों का चेहरा।

इन पुतलों पास दृष्टि थी अनन्त। दृष्टि अनन्त उनकी देख रही थी, चारों दिशाओं में, पूरे शहर को। शहर पार, पूरे राज्य को। राज्य पार, पूरे देश को। देश पार, पूरी पृथ्वी को। पृथ्वी पार, पूरे ब्रह्माण्ड को।

इस सिविल लाइंस स्क्वेअर की, दक्षिण दिशा की सड़क, पुलिस लाइन तक जाकर ख़त्म हो रही थी। कह सकते हैं कि यह सड़क पुलिस के बूटों की आवाज़ खुरदुरे ख़ाकी रंग तक पहुँचा रही थी, क्योंकि जैसे ही सड़क पुलिस लाइन के गेट के भीतर घुसती–अचानक बदल जाती थी। वह पुलिस की सड़क बन जाती और सामान्य आदमी जब उस पर पैर रखता, गेट के बाहर से गेट के भीतर तो उसके पैरों के पंजों का एहसास, धीरे-धीरे ख़त्म होने लगता। अपने पंजे नहीं लगते अपने। सामान्य आदमी को लगता कि उसके पंजे ख़ाकी वर्दी के बूटों के नीचे आ रहे हैं, बार-बार और कुचल रहे हैं बार-बार। इस तरह पुलिस लाइन के गेट के भीतर घुसने के बाद, सामान्य आदमी लहूलुहान पैर लेकर लौट रहा था और कई दिनों तक चलता रहता था लँगड़ाता।

इसी सड़क की बायीं ओर, सिविल लाइंस स्क्वेअर को छूते हुए, सबसे पहले पूर्व मुख्यमन्त्री का बँगला दिख रहा था। पुराना बँगला : मंगलोरी खपरैलों से ढँका। खपरैल काई के धब्बों से भरे हुए थे। बँगले से कई गुना बड़ा, बँगले का खुला क्षेत्र था। बँगला पेड़ों के साथ और पेड़ बँगले के साथ थे। बँगला पूर्व मुख्यमन्त्री के साथ था जो शहर के बीचोबीच, एक बड़ी भूमि को घेरे, धरती पर थोड़ा धँसा-सा, अपने पुरानेपन पर खड़ा था। बँगला इतने पुरानेपन पर था कि रंग-रोग़न के बावजूद, यह लग रहा था कि यह थोड़ा और पुराना होगा तो ध्वस्त हो जायेगा। यह पुरानापन

सिर्फ़ बाहर था। अन्दर बँगला भव्य था। यह जनता को धोखा देने के लिए था कि देखो पूर्व मूख्यमन्त्री को कितना जर्जर बँगला दिया गया है। जबकि यह दिया गया नहीं, उनके द्वारा चुना गया बँगला था। जनता बँगले के भीतर कभी नहीं जाती थी और हमेशा बँगले का बाहरी ध्वस्त-सा दृश्य, अपने मन में रखती थी और ख़ुश होती थी। जनता को लगता था कि पूर्व मुख्यमन्त्री उसके समकक्ष है।

इसी सड़क के दायीं ओर एक बड़े व्यापारी का विशाल दुमंज़िला बँगला था जो हमेशा सूना दिखता था, जैसे वह व्यापार में लिप्त, अपने मालिक के व्यापार से मुक्त होकर, इस शहर में आने का इन्तज़ार करता खड़ा हो। पूर्व मुख्यमन्त्री का सरकारी बँगला, इस व्यापारी के बंगले के सामने दयनीय दिख रहा था। यह बस दिखना था कि वस्तुएँ जैसे दिख रही थीं, वैसी वे दरअसल थी नहीं। व्यापारी के बँगले से ज़्यादा ताक़त, पूर्व मुख्यमन्त्री के बँगले के भीतर अब भी मौजूद थी। यही व्यापारी, पूर्व मुख्यमन्त्री के चरणों में लोट चुका था–धन के साथ, जब वे मुख्यमन्त्री थे और शब्द 'पूर्व' उनके साथ नहीं लगा था। अब यह व्यापारी नये मुख्यमन्त्री के चरणों में लोट रहा था। व्यापारी लोटता है तो चरणों में धन बिखेरता है। जितना धन व्यापारी चरणों में बिखेरता है–उससे कई गुना ज़्यादा धन वापस बटोरकर ले जाता है। जिन चरणों में वह धन बिखेरता है, वे यह सब जानते हैं। चरणों के आसपास बिखरा धन दिखता है, पर व्यापारी कुछ देकर जो अधिक ले जाता है–वह धन जनता का है और इसीलिए मुख्यमन्त्री या मन्त्री या अधिकारी को वह धन दिखाई नहीं देता है।

व्यापारी का बँगला कभी भी, पूर्व मुख्यमन्त्री के बँगले की ओर टकटकी लगाकर नहीं देखता है। वह जब देखता है, कनखियों में देखता है। कुछ इस तरह कि उसके देखने को पूर्व मुख्यमन्त्री का बँगला पकड़ न पाये। देखो इस तरह कि न देखने जैसा लगे। पूर्व मुख्यमन्त्री को अपने सामने झुके सिर पसन्द हैं–उनके चरणों को देखते सिर। कोई देखे टकटकी लगाकर यह धृष्टता है।

पूर्व मुख्यमन्त्री ने यह सोचा नहीं था कि वे दुबारा, सत्ता पर नहीं आ पायेंगे। वे नये बने राज्य के पहले मुख्यमन्त्री थे। जोड़-तोड़ में माहिर। पर राज्य के दूसरे चुनाव में, उनका दल बहुमत नहीं पा सका था और उन्हें वह बँगला छोड़ना पड़ा था, जिसकी दिशाएँ वास्तुशास्त्रियों और जिसका मुहूर्त ज्योतिषों ने, बहुत ठोक-बजाकर तय किया था। मुख्यमन्त्रीत्व काल का वह बँगला, कलेक्टर से छीना गया था, क्योंकि राज्य का यह पहला मुख्यमन्त्री कभी कलेक्टर था और उसी बँगले में पद छोड़ने तक रह चुका था। वह एक बड़े भ्रष्टकाण्ड में फँसने से बचने के लिए, कलेक्टर का पद छोड़, राजनीति की शरण में आया था। ज़ाहिर था कि वह उस

बँगले को शुभ समझता था। राजनीति इतनी उसे फली थी कि वह नये राज्य का पहला मुख्यमन्त्री बन गया था। पर अब ऐसी स्थिति नहीं थी। अब वे पूर्व मुख्यमन्त्री थे और किसी का कोई बँगला छीन नहीं सकते थे। उन्हें सरकार से प्रस्तावित दो-चार बँगलों में से एक चुनकर सन्तोष करना था : फ़ालतुओं में एक फ़ालतू को चुनने-सा। पूर्व मुख्यमन्त्री के पास निजी बँगले असंख्य थे। देश के हर बड़े शहर में और विदेश में। पता नहीं, किसके-किसके नाम पर बँगले थे। पर सरकारी बँगले में रहना, सत्ता में रहने जैसा था। जर्जर दिखते बँगले के भीतर रहते हुए पूर्व मुख्यमन्त्री, जर्जर सत्ता के भीतर रह रहे थे।

सत्ता से हटते ही, ठीक दूसरे दिन, पूर्व मुख्यमन्त्री के कमर से नीचे का हिस्सा मर गया–अचानक। वे अपने कार्यकर्ताओं को गाली बकते ढह गये फ़र्श पर। फिर जब उठे तो व्हीलचेयर पर थे। उन्हें अपनी कमर से नीचे की देह दिख रही थी, पर महसूस नहीं हो रही थी। अपना ही पेशाब दिख रहा था, पर पेशाब की धार, महसूस नहीं हो रही थी। कभी-कभी धोखे से उनकी अँगुलियाँ कमर के नीचे चल देतीं तो टट्टी और पेशाब से लिथड़ जाती थीं और वे थोड़ी टूटती और बिखरती-सी दयनीय आवाज़ में अपने अधीनस्थों और परिजनों पर चिल्लाने लगते थे...हास्यास्पद स्थिति थी, जिससे दुःख चू रहा था। पूर्व मुख्यमन्त्री के शरीर से चू रहे इस दुःख को, पैसा पोंछ नहीं पा रहा था। सार्वजनिक जगहों पर बड़ी मुश्किल हो रही थी। वैसे तो उनकी कमर के नीचे का हिस्सा पूरी तरह ढँका रहता था। महँगी ख़ुशबू में डूबा हुआ। पर बदबू को ढँकना इतना आसान नहीं था। बदबू उनकी कमर के नीचे बिखेरी गयी ख़ुशबू को फाड़ती आख़िर ऊपर आ ही रही थी और राज्य में जहाँ-तहाँ फैल रही थी। पूर्व मुख्यमन्त्री का इस बदबू पर कोई बस नहीं था। वे अपने पुनः सत्ता में आने का इन्तज़ार कर रहे थे। उन्हें पता था कि सत्ता में आते ही उनकी कमर के नीचे का हिस्सा पुनः जीवित हो जायेगा और कमर के नीचे से उठती बदबू, ख़ुशबू में बदल जायेगी...

एक सुबह इस सिविल लाइंस स्क्वेअर के इन छह पुतलों ने देखा कि पूर्व मुख्यमन्त्री के बँगले के सामने एक दुकान सजी हुई है। बँगले के काँटा-तार के घेरे पर, जिसमें कुछ लतरें, ज़िद के साथ चढ़ी हुई थीं और जिनकी पत्तियाँ धूल में इस तरह डूबी हुई थीं कि जैसे धूल की पत्तियाँ हों। वस्तुओं की ख़ाली चमकीली पॉलिथिन की थैलियाँ और ख़ाली पुट्ठे के डिब्बे, बड़ी जतन से तार के काँटों पर फँसाकर सजा दिये गये थे। घेरे के नीचे, सड़क किनारे, टीन और प्लास्टिक के छोटे-बड़े डिब्बे

तथा बोतलें, क़रीने से सजी रखी हुई थीं। इस दुकान में मशरूम के डिब्बे से लेकर, चाकलेट के डिब्बे तक थे। इसमें कंडोम से लेकर, एंटी सेप्टिक क्रीम तक के डिब्बे और सिगरेट के डिब्बे से लेकर, कॉर्नफ़्लेक्स तक के डिब्बे थे। इस दुकान में राशन और तेल के डिब्बे भी थे। बासमती चावल की पॉलिथिन की थैली अपने भीतर इस तरह हवा भरकर फरफरा रही थी कि लग रहा था चावल से भरी हुई है। सड़क किनारे रखे ख़ाली डिब्बों को देखकर कोई पता नहीं कर सकता था कि वे ख़ाली हैं, पर काँटा तार पर लटकी पॉलिथिन की थैलियाँ अपने ख़ाली और हवा से भरे होने को बार-बार कह रही थीं।

इन ख़ाली डिब्बों और पॉलिथिन की थैलियों के बीच एक आदमी बैठा था। आदमी का क़द पाँच फुट आठ इंच था। शरीर तगड़ा और रंग काला था। सूरज बरसों से उसके खुले शरीर से लिपट रहा था सीधे। शरीर पर उसने बस चड्डी पहन रखी थी–शेष देह नंगी थी, एड़ियों तक : काली चमकती। सूरज इसलिए सुनहरा था कि उसने इस आदमी के शरीर से रंग गोरा सोख लिया था। इस आदमी की काली देह पर, जहाँ-तहाँ मैल की परतें भाग्य की तरह उभरी हुई थीं। यह आदमी बरसों से नहाया नहीं था। वह बस बारिश में भीगता रहा था, बरसों से और बारिश ने उसे, जितना साफ़ किया था छूकर, यह आदमी उतना ही साफ़ हुआ था। बारिश के बाद, हवा और धूल ने उसे जितना मैला किया था, वह उतना मैला होता गया था।

उस आदमी की दुकान भी, बारिश और हवा के खेल के भीतर फँसी हुई थी। दुकान को हवा और बारिश अपने-अपने समय पर मिटाने लगते थे और वह उन्हें सहेजता रहता था। होता यह था कि दुकान के हवा से उड़ जाने पर या पानी में जाने पर, वह शहर के मुख्य बाज़ार की ओर निकल पड़ता था देर रात, जैसे थोक व्यापारियों के यहाँ कोई चिल्हर विक्रेता ख़रीदारी के लिए जाता है। वह बन्द दुकानों के सामने फेंक दी गयी, ख़ाली पॉलिथिन की थैलियों, डिब्बों और बोतलों को इस तरह उठाता था, जैसे वे भरे हुए हैं। उसका थोक बाज़ार रात को खुलता था, जिसका वह अकेला चिल्हर व्यापारी था जो ग्राहक था, बन्द दुकानों की बिखरी वस्तुओं के भ्रम का। रात में, उसके उठाये ख़ाली डिब्बे, बोतल और पॉलिथिन की थैलियाँ अँधेरे से भरे हुए रहते थे। सूरज उगता सुबह तो भी डिब्बों में अँधेरा भरा रहता था। पॉलिथिन की थैलियों और प्लास्टिक की बोतलों में अँधेरे के साथ-साथ, दिन के उजाले की छाया भी बैठी रहती थी। वह आदमी थैलियों, डिब्बों और बोतलों के

ख़ालीपन को नहीं पहचानता था। उसे ख़ाली डिब्बे, पॉलिथिन थैलियों और बोतलें, वस्तुओं से भरी और भारी लगती थीं। वह जब, पानी की ख़ाली बोतल का मुँह आसमान की ओर उठा अपने ओठों से लगाता तो उसका गला गट्गट् की आवाज़ निकालने लगता था। चावल की पॉलिथिन से उसकी हथेली पर चावल गिरने लगता और कॉर्नफ़्लेक्स के रंगीन डिब्बे से कॉर्नफ़्लेक्स वह फाँकता तो मुँह से कुरुम-कुरुम की आवाज़ उठने लगती। सिगरेट के ख़ाली डिब्बे से, वह सिगरेट निकालता और माचिस की ख़ाली डिब्बी से तीली निकालकर, वह सिगरेट को उस तीली से छूता तो रोशनी फूटती और सिगरेट जलने लगती थी। वह आदमी अभी सिगरेट का लम्बा कस खींच रहा था और धुआँ, जब उसने अपने फेफड़ों से बाहर छोड़ा तो चौराहे पर खड़े छह पुतले उस धुएँ में डूब गये। उस आदमी की सिगरेट और उससे निकल रहा धुआँ, बस उस आदमी को और उन छह पुतलों को दिख रहा था।

वह दिन भर ग्राहकों का इन्तज़ार करता रहता था। वह रात भर ग्राहकों का इन्तज़ार करता। ग्राहक कोई नहीं आता। उसका मन ख़ाली डिब्बों और पॉलिथिन की वस्तुएँ तो रच लेता था, पर ग्राहक नहीं रच पा रहा था। हवा और पानी ही थे उसके ग्राहक जो आते और पूरी दुकान का समान एक बार में ख़रीदकर ले जाते। वह ख़ुश होता कि सब कुछ बिक गया और फिर दुकान सजाने निकल पड़ता। ख़ाली डिब्बे, पॉलिथिन की थैलियाँ बीनने। बीनते-बीनते वह अपनी दुकान की पुरानी जगह को भूल जाता था और किसी नयी जगह में दुकान सजा लेता था। पर वह नयी जगह ही, उसे अपनी पुरानी जगह लगती थी। उसे यह लगता था कि वह एक जगह पर ही बरसों से वस्तुओं को बेचता रहा है अब तक। अनन्त काल से। इस तरह वह पूरे शहर भर में, अपनी दुकान लगाता घूम रहा था और पूरा शहर उसके लिए दुकान की एक छोटी जगह में बदल चुका था। ऐसी छोटी-सी जगह में जो कभी नहीं बदलती थी।

पूर्व मुख्यमन्त्री के बँगले के सामने की यह जगह भी, उसे ऐसी लग रही थी कि वह बरसों से यहाँ बैठा है, अपनी दुकान सजाये। बरसों से सीमेंट के छह पुतले उसे देख रहे हैं लगातार, जैसे उसकी दुकान के सामने लगातार मौजूद हैं छह ग्राहक जो उसकी दुकान की किसी भी वस्तु को ख़रीदने अब तक झुके नहीं हैं। वह दिन में दो-तीन बार सीमेंट के पुतलों के चेहरों के सामने पॉलिथिन की थैली और डिब्बे लहराते हुए मोल-भाव कर चुका है। रेट फ़िक्स है...रेट फ़िक्स है, वह चिल्ला चुका

है कई बार। पहली बार उसे छह ग्राहक दिखे हैं एक साथ जो लगातार उसकी दुकान के सामने खड़े हैं।

पूर्व मुख्यमन्त्री की कार, उनके बँगले के भीतर गयी कि बाहर बँगले के गेट पर तीन सिपाही आये तुरन्त। पूर्व मुख्यमन्त्री के आदेश की हड़बड़ी और बेचैनी उन तीनों के चेहरों पर इस तरह थी कि वे एक चेहरे के सिपाही लग रहे थे, जैसे तीनों एक-दूसरे के क्लोन हों। उन तीन सिपाहियों ने, उस आदमी को घेर लिया जो पूर्व मुख्यमन्त्री के गेट पर, दुकान लगाये बैठा था, ख़ाली डिब्बों और पॉलिथिन की थैलियों की दुकान। उन तीनों ने, उस आदमी पर हमला बोला। सबसे पहले, काँटा-तार की फेंसिंग से लटकी, पॉलिथिन की थैलियों और पुट्ठों के रंगीन डिब्बों को नोच-नोचकर एक जगह ढेर बना दिया। फिर वे तीनों, ज़मीन पर सजे ख़ाली डिब्बों को पैरों और हाथों दोनों की मदद से समटेने लगे। अब उस आदमी की दुकान एक ढेर में बदल गयी थी। उनमें से एक सिपाही ने अपनी जेब से लाइटर निकाला, खट की आवाज़ हुई। एक सुनहरी लौ चमकी। लौ के साथ-साथ वह आदमी दुकान के ढेर पर झुकता दिखा और लौ ने ढेर को छू लिया तो झटके से पीछे हटता दिखा।

अब आदमी के अपनी दुकान के ढेर पर, झुकने और फिर हटने से, उन तीन सिपाहियों का ध्यान, उस आदमी पर गया जो पूर्व मुख्यमन्त्री के गेट के सामने ख़ाली डिब्बों और पालिथिन थैलियों की दुकान लगाने की गुस्ताख़ी कर चुका था। उन्होंने देखा कि वह आदमी उन्हें घूरता खड़ा है नंगधड़ंग–बायें हाथ से अपने अण्डकोशों को सहलाता। सिपाही जब तक सामान का ढेर लगा रहे थे, वह आदमी यह मान रहा था कि ये पूरा सामान ख़रीद रहे हैं : अच्छे ग्राहक। उन तीनों ने ध्यान नहीं दिया था कि वह आदमी ख़ुश और उत्तेजित, उनके आगे-पीछे होता रहा था। जब उन तीनों में से एक ने, सामान के ढेर को लाइटर की लौ से छुआ तो अब वह आदमी इस घटना को समझने की कोशिश कर रहा था कि कोई दुकान से सामान ख़रीदकर आग के हवाले क्यों करेगा...उस आदमी के चेहरे पर उन तीनों को लगातार घूरना जो उभरा था, इसीलिए उभरा था। वे तीनों सिपाही आदमी को घूरता देख, ग़ुस्से से भर गये। वे आगे बढ़े। उस घूरते आदमी की ओर हाथ उठाकर, ग़ाली बकते हुए। वह आदमी उन्हें घूरता, पीछे हटने लगा। वे तीनों जितने क़दम आगे बढ़ रहे थे, वह आदमी उतने क़दम पीछे हट रहा था–सड़क के किनारे-किनारे, जहाँ ठीक उसकी सीध में, उसकी दुकान ढेर बनी जल रही थी। वह जलते ढेर से दूर हो रहा था।

पर उसका घूरना लगातार बना रहा। वह अपनी लाल आँखों से घूर रहा था तीनों सिपाहियों को लगातार। वे तीनों सिपाही उसके पीछे दौड़े तो वह आदमी अपना घूरना, सड़क के किनारे, उन तीनों के लिए गिराकर मुड़ा और दौड़ पड़ा उनसे दूर, विपरीत दिशा में। उन तीनों सिपाहियों ने उस आदमी को इतनी दूर तक दौड़ाया कि वह पूर्व मूख्यमन्त्री के घर के सामने की जगह को भूल जाये। वापस न आये दुबारा। दुबारा सजा न ले अपनी ख़ाली दुकान पूर्व मुख्यमन्त्री के दरवाज़े पर।

पर आश्चर्य कि वह काला नंग-धड़ंग आदमी, दूसरे दिन, सुबह-सुबह फिर पूर्व मुख्यमन्त्री के बँगले के सामने खड़ा दिखा। वह अपनी दुकान को ढूँढ़ रहा था जो अब तक एक काले छोटे ढेर में बदल चुकी थी। वह आदमी सूरज के साथ-साथ बँगले के सामने उग आया था। सिपाही सूरज को सुबह उगने से रोक नहीं सकते थे, ठीक उसी तरह सिपाही उस आदमी को सुबह उगने से रोक नहीं पाये थे। वह रात भर पूरे शहर में भटकता रहा था–इस जगह को ढूँढ़ता। रात उसकी आँखों में बैचेन बैठी थी। सुबह उसने अपने को पूर्व मुख्यमन्त्री के बँगले के सामने खड़ा पाया था।

वह आदमी अपनी दुकान के जले हुए ढेर के सामने बैठ गया। अब भी कुछ पॉलिथिन और एकाध पुट्ठे के डिब्बे में, उस दुकान के निशान, काँटा-तार के घेरे पर अटके और सड़क किनारे की ज़मीन पर बिखरे, अब भी दिख रहे थे। आदमी उकड़ू बैठा था। काँटा-तार पर फँसी पॉलिथिन की एक छोटी थैली हवा के साथ उड़ी और उकड़ू बैठे आदमी के सिर को छूती निकल गयी। आदमी जले हुए ढेर को घूरता रहा देर तक। देर तक धुनता रहा अपना सिर। फिर उठा और छाती पीट-पीट रोने लगा। रोने के साथ उसके मुँह से अजीब आवाज़ निकल रही थी, जैसे हिचकियों में, उसकी साँस बार-बार फँस रही हो। जब रोते-रोते वह थक गया तो गाली बकने लगा गन्दी-गन्दी : धाराप्रवाह। उसका चेहरा पूर्व मुख्यमन्त्री के बँगले की ओर था और पीठ उन छह पुतलों की ओर जो शुरू से उसे देख रहे थे और उसके लिए दया और सहानुभूति से भरे हुए थे। आश्चर्य कि उस आदमी की गलियाँ, मुँह से बाहर आते ही, पॉलिथिन की थैलियों और ख़ाली डिब्बों में बदल रही थीं और हवा के साथ उड़, पूर्व मुख्यमन्त्री के बँगले के ऊपर गिर रही थीं।

सिविल लाइंस स्क्वेअर उस आदमी की ग़ालियों से भर रहा था। आते-जाते लोग ठिठकने लगे थे। बस उन छह पुतलों को उस आदमी की गलियाँ नहीं छू रही थीं। गालियाँ जैसे ही पुतलों को छूती तुरन्त पानी में बदल जाती थीं। गलियाँ, सिविल

लाइंस स्क्वेअर पर खड़े उन पुतलों के लिए ठण्डी बारिश के सुख में बदल रही थीं। उस आदमी के आसपास साइकिल सवारों और मज़दूरों की अच्छी-ख़ासी भीड़ अब इकट्ठा हो चुकी थी। ये वे लोग थे जो सुबह काम पर निकले थे और जिन्हें रात को थककर लौटना था पस्त कि सुबह फिर काम पर जा सकें। वह आदमी, भीड़ को नहीं देख पा रहा था। अपने मुँह से गालियों की निरन्तर उठती आवाज़ के आसपास, वह अपनी बन्द आँखों से, वह पूर्व मुख्यमन्त्री के बँगले को देख रहा था। बक रहा था वह सिर्फ़ बँगले को गाली। पूर्व मुख्यमन्त्री के बँगले के अलावा वह कुछ देख नहीं पा रहा था।

अचानक सिपाही उस आदमी पर टूट पड़े। उनके हाथ-लात एक साथ चलने लगे। बहुत देर तक तीनों सिपाहियों के बूट उस आदमी की देह पर बजे। सिपाही बारी-बारी से उसके सिर के लम्बे, गन्दे और उलझे बालों को पकड़, उसकी देह को घुमा रहे थे गोल-गोल। पृथ्वी उस आदमी की देह में फँसकर गोल-गोल घूम रही थी। सिपाही उस आदमी को पीटते हुए, उस आदमी से भी ज़्यादा गन्दी ग़ालियों में डूबे हुए थे।

सिपाही जब उसे पीटते-पीटते थक गये तो वह आदमी उठा लड़खड़ाता। उसकी नाक से ख़ून गिर रहा था–टप्-टप्। पीठ, कोहनियाँ, घुटने और चेहरा छिल गये थे। सबसे ज़्यादा छिल गया था उस आदमी का मन। वह काला आदमी, अब ख़ून के लाल धब्बों से भरा हुआ था। वह अब भी सिपाहियों को नहीं, बँगले को घूर रहा था, जैसे बँगले ने आकर उसे पीटा हो और फिर वापस जाकर, अपनी जगह खड़ा हो गया हो। एक सिपाही ने उसे धकेला, चल भाग यहाँ से। वह आदमी कुछ पीछे हटा...फिर कुछ क़दम और...फिर सिपाहियों ने उसकी पीठ देखी नंगी और काली पीठ जिससे ख़ून छलक रहा था। पीठ उस आदमी के लहूलुहान चेहरे की तरह दिख रही थी। सिपाहियों ने और वहाँ खड़ी भीड़ ने–किसी पीठ को चेहरा बनते पहली बार देखा था। सिपाही, काली पर लाल धब्बों-भरी उस पीठ के घूरने की हद के भीतर थे : बेचैन।

वह आदमी अपने ग़ायब होने के कुछ घण्टों बाद, जब सूर्य बस डूबने वाला था, फिर चौराहे पर प्रगट हो गया। इस बार वह सीमेंट के छह पुतलों के बीच खड़ा था। पूर्व मुख्यमन्त्री का बँगला, रात्रि की चहल-पहल से पहले के मौन में डूबा हुआ था। गेट पर खड़े सिपाहियों ने उस आदमी को चौराहे के गोल घेरे पर चढ़ता देख लिया था, पर उन्होंने अपना ध्यान, जान-बूझकर उससे हटा लिया। उनकी ड्यूटी उस आदमी के लिए ही गेट पर लगी थी। वह आदमी जब गेट के सामने आयेगा तो

सिपाही उसे देखेंगे। ये वही तीन सिपाही थे जो कुछ घण्टे पहले, उस आदमी की पीठ को चेहरा बनते देख चुके थे।

उस रात सीमेंट के छह पुतलों के बीच खड़ा वह आदमी, लगातार पूर्व मुख्यमन्त्री के बँगले की ओर घूरता रहा ग़ुस्से से। वह आदमी रात में हुई, बँगले की चहल-पहल को घूरता रहा। वह अँधेरे में डूबे बँगले को घूरता रहा जो चहल-पहल के बाद थककर सोया-सा लग रहा था। उस आदमी के इस तरह बँगले को लगातार घूरने का असर, सीमेंट के उन छह स्त्री-पुरुषों के पुतलों पर भी हुआ। सीमेंट के वे छह पुतले पहली बार अपनी जगह से हिले। उनके ज़मीन में धँसे पैर खुल गये। पहली बार पुतलों ने अपने देखने की दिशा बदली। वे उस आदमी के दर्द के छह गवाह थे जो अब उनके ही बीच खड़ा था, बँगले को घूरता। सुबह हुई तो उस चौराहे पर, सीमेंट के छह पुलतों की जगह, अब सीमेंट के सात पुतले थे और सातों पुतले पूर्व मुख्यमन्त्री के बँगले की ओर घूर रहे थे...

डूबते सूरज का रेगिस्तान

इसी जगह पर, ठीक बीस बरस पहले, मैंने रेत में डूब रहे सूरज को देखा था। मैं चाह रही थी कि आज भी सूरज, ठीक उसी तरह डूबे, जैसे डूबा था बीस बरस पहले। सूरज, ठीक उसी तरह छुए रेत को और रेत हो जाये लाल। सिन्दुरी। मैं देखे हुए जादू को फिर देखना चाह रही हूँ। दूर-दूर तक रेत के टीले थे। रेत के टीलों में हवा की धारियाँ थीं। धारियों पर, ऊँटों के पैरों के निशान थे। ऊँटों के पैरों के निशान जो रेत की धारियों से खेल रहे थे। मिटा रहे थे रेत से हवा की धारियों को। हवा का काम बढ़ा रहे थे।

रेत के टीलों में शाम उभर रही थी। सूरज तेज़ी से नीचे गिर रहा था–रेत की ओर। वह जगह मुझसे अभी दूर थी, जहाँ रेत में सूरज डूबता था। अगर मैंने और देर की तो मैं सूरज के रेत को छूने से पहले, नहीं पहुँच सकती थी उस जगह तक। मैं तुरन्त ऊँट की ओर गयी। जहाँ मेरे पति थे–मेरा इन्तज़ार करते। उन्हें जल्दी थी। वे जान रहे थे कि अगर और थोड़ी देर हुई तो रेत में डूबता सूरज हाथ से फिसल जायेगा। ठीक वैसे ही जैसे मुट्ठी से फिसलती है रेत। ऊँट की लगाम, एक ग्यारह-बारह बरस के बच्चे के हाथ में थी। बीस बरस पहले, जब मैं यहाँ आयी थी, तब भी लगाम बच्चे के हाथ में ही थी। यह कोई संजोग नहीं था। बीस बरस पहले और आज भी जैसलमेर के 'सम' में ऊँट की लगाम, बड़ों से ज़्यादा बच्चों के हाथों में है। वह एक साँवला-सा लड़का था, जिसने मटमैला-सफ़ेद पठानी कुरता और पैजामा पहन रखा था। वह मुझे देखकर मुस्कुराया। ऊँट ने भी बैठे-बैठे ही मेरी ओर देखा–अपना सिर घुमाकर। ऊँट का चेहरा देख मुझे लगा कि कहीं यह वही ऊँट तो नहीं है, जिस पर मैं बीस बरस पहले बैठी थी–अपने पति और बेटी के साथ। बेटी जब यहाँ आयी थी तो चार बरस की थी और अब चौबीस की हो गयी है। अपनी डॉक्टरी की पढ़ाई के कारण, वह हमारे साथ नहीं आ पायी है।

"बैठिए आराम से...यह आपको पहचानता है," लड़के ने मुस्कुराते और ऊँट की गरदन को सहलाते हुए कहा। मैं मुस्कुरायी।

ये छोटे-छोटे बच्चे, बातचीत में कितने होशियार हैं। अपनी उम्र से बड़े। जीवन के ऊबड़-खाबड़ में डगमग, पर पारंगत। मुस्कुराते लड़के की सहायता से, मैं बैठे हुए ऊँट पर बैठ गयी। सामने की ओर। मेरे पति बैठ गये मेरे पीछे। हम दोनों के बीच में ऊँट की कूबड़ थी–गद्दे से ढँकी। ऊँट की गरदन, अब तनी हुई थी–ऊपर आसमान की ओर। ऊँट को आभास हो गया था कि अब उसे चलना है। दौड़ना है उसे।

"पीछे की ओर झुकिए...जितना बने पीछे झुक जाइए...मैं इसे अब उठा रहा हूँ..." लड़के ने हमें सावधान किया।

ऊँट उठा। झटके से मैं आगे हुई। पीछे की ओर नहीं झुकी होती तो ऊँट के ठीक सामने गिरती। ऊँट अचम्भित हो जाता। अपनी थूथन से छूता मेरी देह और मन ही मन हँसता। ऊँट पर बैठते हुए, मैं इतने तनाव में थी कि पीछे बैठे पति का मुझे ख़याल ही नहीं आया। ख़याल आया तब, जब ऊँट चल पड़ा और मैं सहज हो गयी। मैंने उनकी ओर देखा। वे ऊँट से आगे, आसमान को देख रहे थे, जहाँ सूरज रेत की ओर फिसल रहा था। लड़का, ऊँट के आगे-आगे था। ऊँट की लगाम लड़के के कन्धे से होते हुए, लड़के के दायें हाथ में थी। ऊँट लड़के को देखकर चल रहा था–उसके पीछे-पीछे। लगाम एक झूलती रस्सी थी बस। दोनों एक-दूसरे को समझते हुए चल रहे थे–ऊँट और लड़का। मेरा मन, लड़के से बात करने का हुआ। मेरे सामने ऊँट की ऊँचाई से नीचे, लड़के का सिर था–लम्बे सीधे, तेल चुपड़े बालोंवाला। चेहरा नहीं था। मैंने अपनी आवाज़ को तेज़ रख, उसके तेल चुपड़े बालोंवाले सिर से पूछा, "क्या नाम है तुम्हारा?"

"मकड़ी..."

"मकड़ी...यह कैसा नाम है?"

"मैं जब छोटा था तो रेत के धोरों पर, मकड़ी की तरह रेंगता था तो मेरी माँ मुझे मकड़ी कहने लगी...फिर सब कहने लगे..." लड़का हँसा। लड़के की हँसी रेत पर बिखरी तो रेत भी हँसी।

उसकी हँसी मुझे दिखी नहीं। हँसी की आवाज़ दिखी। हँसी की आवाज़, रेत पर नाचती-सी दिख रही थी। लड़के की हँसी रेत पर बिखरी तो रेत भी हँसी। लड़का रेत के टीले पर चढ़ रहा था। मुझे हँसी आयी।

मैंने फिर पूछा, "...और इस ऊँट का क्या नाम है?" इस बार लड़का पलटा ऊँट की ओर और उसने हँसते हुए कहा, "इसका नाम एटीएम है।"

मैं सोच रही थी कि बीस बरस पहले किसी ऊँट का नाम एटीएम रखना सम्भव नहीं था। एटीएम नयी चीज़ थी।

"इसका नाम एटीएम किसने रखा?" मैंने ऊँट को ग़ौर से देखते हुए पूछा, जो सिर उठाये लड़के के पीछे-पीछे चला जा रहा था।

"मेरे बड़े भाई ने रखा है...जैसे एटीएम पैसा उगलता है, यह भी उगलेगा यह सोचकर।" अब लड़के और मेरी हँसी साथ-साथ थी। पीछे पलटी तो मैंने पति को मुस्कुराते हुए देखा।

"तो तुम्हारा यह एटीएम पैसा उगल रहा है या नहीं?" मैंने हँसते हुए पूछा।

"यह नाम का एटीएम है बस..." मकड़ी ने मुँह बनाकर कहा। लगा कि लड़के की बात सुन नाराज़ हुआ ऊँट। हुआ दुखी। ठिठक गया। मकड़ी ने ठिठके ऊँट को देखा एक क्षण। एक क्षण बस, फिर अपने कन्धे पर झूल रही डोर को एक झटका दिया। ऊँट फिर चल पड़ा। मकड़ी के पीछे-पीछे। ऊँट और मकड़ी, रेत की ऊँचाई चढ़ रहे थे। मैं और मेरे पति, एटीएम की पीठ पर सावधान थे कि इस चढ़ाई में कहीं ऊँट की पीठ से फिसल न जायें।

जब चढ़ाई ख़त्म हो गयी और मैं सहज हो गयी तो धोरे की उतार को फिसलते-से उतर रहे, मकड़ी से मैंने कहा, "इससे पहले जब मैं यहाँ आयी थी तो तुम्हारी ही उम्र का वह लड़का था, जिसके ऊँट पर मैं बैठी थी।"

मेरी बात सुन, मकड़ी ठिठक गया। पलटकर देखने लगा मेरी ओर। वह रेत के धोरे की ढलान पर था नीचे। हम ढलान पर, उससे ऊपर थे–एटीएम, मैं और मेरे पति। मकड़ी मुझे ग़ौर से देख रहा था।

"अरे चल यार, सूरज फिसल जायेगा..." मेरे पति ने मेरे पीछे से कहा। उनके चेहरे पर होगा थोड़ा ग़ुस्सा और थोड़ी खीझ होगी, यह मैं उनका चेहरा देखे बिना समझ गयी थी।

मकड़ी जैसे मेरे पति की कही बात, सुन ही नहीं पाया था। वह अब भी मुझे ग़ौर से देख रहा था। फिर उसने कहा, "वह मैं ही था जिसके ऊँट पर आप बैठी थीं...आप भूल गयीं?"

मकड़ी की बात सुन मैं उसे ग़ौर से देखने लगी। एक क्षण मुझे लगा कि क्या यह वही लड़का है...मैं भूल गयी कि मैं यहाँ बीस बरस पहले आयी थी। वह लड़का यहाँ होगा कहीं तो तीस-बत्तीस साल का आदमी हो चुका होगा। मुझे चुप देख वह

पलटा और धोरे की ढलान उतरने लगा। उतरने लगा लगभग दौड़ता-सा। सूरज अब भी दूर था हमसे। लग रहा था सूरज, रेत के विस्तार को छूते हुए ठहर गया है। मकड़ी अब दौड़ रहा था धोरों के रचे नन्हे ऊबड़-खाबड़ों को पार करता।

दौड़ते-दौड़ते ही अचानक मकड़ी ने बिना पलटे फिर कहा, "वह लड़का मैं ही था...आप मेरे ही ऊँट पर बैठी थीं.."

मैं मुस्कुरायी। सोचा यही सही। फिर मैंने और कहा, "हाँ-हाँ...मुझे याद आ गया, वह तुम ही थे...पता नहीं मैं कैसे तुम्हें भूल गयी?" मकड़ी ख़ुश हो गया। बहुत-बहुत ख़ुश।

मकड़ी की ख़ुशी के साथ कुछ और भी हुआ। मेरे ऐसा कहते ही जैसे जादू हुआ। हम डूबते सूरज के सामने थे। सूरज का वृत्त रेत में धँस रहा था। धँसते सूरज के आसपास, अचानक हज़ारों सूरज दिखे। हज़ारों सूरज, एक के बाद एक धँसते हुए आसमान और रेगिस्तान की सन्धि पर। बिखेरते गहरा लाल रंग सिन्दूरी, एक साथ। बीस बरस से डूबने का इन्तज़ार करते सूरज हज़ारों, डूब रहे थे अब। डूब रहे थे, मुझसे बीस बरस पहले मिले लड़के के सामने, जिसकी उम्र नहीं बढ़ी थी बीस बरसों से। डूब रहे थे, उस ऊँट के सामने, जिस पर मैं बैठी थी बीस बरसों पहले और जिसकी उम्र बढ़ी नहीं थी बीस बरसों में एक दिन भी। यह आश्चर्य था। पर सच था। आप मानें या न मानें। ऐसा होता है। जब आप बीस बरस बाद, सम के रेगिस्तान में फिर जाते हैं तो बीस बरस पहले जिस ऊँट पर आप बैठे थे, वह फिर मिल जाता है। मिल जाता है बारह बरस का वही लड़का फिर, जिसने आपको ऊँट की सवारी करायी थी। डूबने लगते हैं आपके इन्तज़ार में बीस बरस से ठहरे हज़ारों सूरज एक साथ और सम का रेगिस्तान तेज़ लाल रोशनी से भर जाता है।

विज्ञापन

अगर इस महानगर को आप, आसमान की ओर से देखें उस समय, जब आपका हवाई जहाज़, दिन की रोशनी में, यहाँ बहुत नीचे से उतर रहा हो तो आप पायेंगे कि यहाँ जितनी ऊँची इमारतें हैं बहुमंज़िला, उनसे ज़्यादा झोंपड़पट्टियाँ हैं। बहुमंज़िला इमारतें आसमान की ओर फैली हुई हैं, पर झोंपड़पट्टियाँ धरती पर बिछी-बिछी-सी, धरती पर ही फैली हुई-सी हैं। वे जहाँ जगह मिली वहाँ फैली-सी हैं। जिन्हें देखकर आप यह भी सोच सकते हैं कि ये झोंपड़पट्टियाँ, धीरे-धीरे, धरती पर धँसती-धँसती, ग़ायब हो जायेंगी, कभी किसी दिन। पर अगर आप ऐसा सोच रहे हैं तो ग़लत सोच रहे हैं...आप ध्यान से देखें, भले देखें हवाई जहाज़ में बैठे-बैठे ही, तो भी आप पायेंगे कि इस महानगर में, एक पूरे बड़े शहर जितना विस्तार लिये, झोंपड़ियों की एक विशाल बस्ती है। उस विशाल बस्ती के अतिरिक्त, उससे छोटी, जाने कितनी झोंपड़पट्टियों का, एक अनन्त सिलसिला इस महानगर में है। इस सिलसिले को बढ़ते ही जाना है। सिर्फ़ इस महानगर में ही नहीं, बल्कि इस धरती पर ही बढ़ते जाना है इस सिलसिले को। क्योंकि बहुमंज़िला इमारतों को आसमान की ओर, ऊपर और ऊपर उठते ही जाना है इस धरती पर। अमीरी धरती से ऊँचाई की ओर उठती है और ग़रीबी धरती में ही, धरती से लिपटती पसरती जाती है। अगर आपका हवाई जहाज़ रात में, उतर रहा हो इस जगह पर तो झोंपड़पट्टियों की टिमटिमाती रोशनी के बावजूद, उन्हें पहचानना आपके लिए मुश्किल होगा। चमकीली रोशनी में, टिमटिमाती रोशनी हमेशा डूब जाती है। यह महानगर, झोंपड़पट्टियों को छोड़ रात में, चमकीली और रंग-बिरंगी रोशनी से भरा रहता है। ऐसी रोशनी से, जिसमें आपकी आँखें चौंधिया जाती हैं और आप कुछ नहीं देख पाते हैं।

अगर आप ट्रेन से, इस महानगर में घुस रहे हों तो आप पायेंगे कि पटरी के किनारे-किनारे मीलों तक, झोंपड़पट्टियाँ, आपकी ट्रेन के दोनों ओर, आपके साथ-

साथ, चलती चली जा रही हैं। जैसे कोई आपकी चाल में चाल मिलाता, उड़ाता आपका मज़ाक़, चला जा रहा है। इसमें आपको झुग्गी-झोंपड़ियों की वह सबसे बड़ी बस्ती भी दिखेगी, जिसे एशिया की सबसे बड़ी झोंपड़पट्टी माना जाता है, पर आप ट्रेन में बैठे-बैठे, उन्हें देखकर भी यह पहचान नहीं पायेंगे कि वे उस सबसे बड़ी बस्ती की ही झुग्गी-झोंपड़ियाँ हैं। क्योंकि पटरियों का किनारा, झोंपड़पट्टियों के लिए, सबसे सुरक्षित जगह है। वे वहाँ शहर के शुरू होने से पहले ही शुरू होकर, पता नहीं शहर के कितने मोहल्लों और कॉलोनियों को छूते-बचते, पूरा शहर पटरियों के साथ पार कर लेती हैं। इसलिए शहर के भीतर से गुज़रती ट्रेन की पटरियों को, कभी अकेलापन महसूस नहीं होता। इतना जीवन आसपास कि जीवन से लबालब रहती हैं पटरियाँ। जैसे लबालब रहता है, पटरियों के आसपास का जीवन, धड़धड़ाते शोर से दिन और रात। रहता है पटरियों की धड़कनों से लबालब।

ट्रेन में बैठे-बैठे आप, पटरियों के किनारे बसी इन झुग्गी-झोंपड़ियों में रहने वालों की, हल्की-फुल्की झलक पा सकते हैं। जैसे कपड़ा धोती-निचोड़ती-नहाती स्त्री, जिसे आप देख सकते है, पर देख नहीं सकते उसके भीतर, तैर रहे रहे दुःखों को या ठीक उसी समय, जब आप उसे देख रहे हैं और तभी दुःखों के बीच से, उसके भीतर अचानक चमक आये, एक छोटे-से सुख को भी आप नहीं देख सकते हैं। आप झोंपड़ी के फ़र्श पर सो रहे एक नन्हे बच्चे को देख सकते हैं और देख सकते हैं, माँ की गोद में दूध पीते-पीते सो गये एक और बच्चे को भी, पर आप उन बच्चों के स्वप्न को नहीं देख सकते हैं–अपनी ट्रेन की खिड़की से कि कौन-कौन से रंगीन खिलौने तैर रहे हैं उनके स्वप्न में। गली पर खड़ा रो रहा अकेला बच्चा आप देख सकते हैं, पर जान नहीं सकते कि वह क्यों रो रहा है अकेला खड़ा गली पर कि गुम गया है या वह भूल अपने घर का रास्ता लगभग एक जैसी झोंपड़ियों की इस विशाल बस्ती में या फिर वह भूख से रो रहा है या रो रहा है किसी चोट से, आप नहीं जान सकते हैं कभी। बीड़ी पीता-खाँसता, बीमार बूढ़ा और शराब या ड्रग के नशे में लथपथ कोई जवान गिरा पड़ा, मुँह पर भिनभिनाती मक्खियों के साथ, गली या भीतर कहीं आप देख सकते हैं, पर आप उनके खट चुके जीवन और त्रस्त मन को कभी नाप नहीं सकते हैं। छोटे-मोटे काम-धामों के दृश्य, काग़ज़ के लिफ़ाफ़े बनाता एक पूरा परिवार–माँ, बाप, बेटी और बेटा सहित, पर ट्रेन की खिड़की से उनकी लेई से लथपथ अँगुलियों को नहीं देख सकते हैं आप। एक पूरा परिवार आपको दिख सकता है, मेहँदी के कोन भरता, पर ट्रेन की खिड़की से आप, उनकी मेहँदी से रच

गयी हथेलियाँ नहीं देख सकते हैं। आप देख नहीं सकते हैं उन सन्दिग्ध गतिविधियों को जो इन बस्तियों में जीवन के उतार-चढ़ाव के साथ चढ़ती-उतरती रहती हैं। आप एलपरेक्स ट्राइका, एटीवान, लोरजीपाम, रिवोट्रील जैसी नशे की गोलियों या सिरप की बोतलों को देख नहीं सकते हैं। आप अवैध शराब, हीरोइन, कोकीन, मार्फीन की महक बिल्कुल महसूस नहीं कर सकते हैं अपनी ट्रेन में बैठे-बैठे। यहाँ से जीवन के लिए खपते-खटते माँ-बाप और नशे में डूबते-बहते उनके जवान होते बच्चों को आप देख नहीं सकते हैं। आप देख नहीं सकते हैं कि सज-धज कर पता नहीं कितनी लड़कियाँ हर रात इन बस्तियों से निकलकर, इस महानगर में कहाँ-कहाँ गुम होती है कि उनींदी आँखों और पुछा-बुझा चेहरा लिये, फिर सुबह-सुबह लौट सकें अपनी झोंपड़ी में। आपके बिना देखे जीवन का बहुत बड़ा वह हिस्सा, वहाँ सुगबुगाता-सा ठहरा रहता है, जिसकी शायद आपने कभी परवाह ही नहीं की है। जिसे आपने कभी सोचा ही नहीं है। जिसे आपने कभी समझा ही नहीं है।

हवाई जहाज़ और ट्रेन तो बहुत दूर की बात है। सच यह कि आप पैदल ही घुस जायें किसी झुग्गी-बस्ती में और घूमें वहाँ दिन भर। घूमें वहाँ नाक-भौं सिकोड़ते हुए या हो सकता है बिना इन्हें सिकोड़ते आप घूम लें तो भी आप उन झोंपड़पट्टियों में रहने वालों की, कठिनाइयों को कभी नहीं समझ सकते हैं। झोंपड़पट्टियों में रहे बिना, झोंपड़पट्टियों के जीवन को समझना आपके लिए मुश्किल है। दरअसल यह ईश्वर कि लिए भी मुश्किल है कि वहाँ वह रहता नहीं तो वह उन्हें समझ नहीं पाता है तो आप तो मनुष्य हैं। आप के लिए यह और ज़्यादा मुश्किल है। आप देख नहीं सकते हैं कभी भी उन्हें ठीक से, जैसे ईश्वर देख नहीं पाता है उन्हें कभी ठीक से।

हवाई जहाज़ में बैठे लोगों को तो इन झोंपड़पट्टियों की नीली-पीली पॉलिथिन या टीन या एस्बेस्टस की छत ही दिखती है। और यह भी ठीक-ठीक नहीं कह सकते कि हवाई जहाज़ में बैठा आदमी, उनकी स्थिति पर कुछ सोच पाता भी है या नहीं। जैसे ठीक-ठीक यह भी नहीं कह सकते हैं कि ट्रेन के 'एसी' डिब्बे में बैठा आदमी, काँच से बाहर, उसकी ट्रेन की गति के साथ तैर रहे झोंपड़पट्टियों में टँगे दृश्यों को सही-सही आँक पाता है या नहीं। ये सब लोग ईश्वर के आसपास, ईश्वर की स्थिति में ही रहते हैं।

वह आदमी अपनी पत्नी के साथ, इस महानगर की एक विशालकाय झोंपड़पट्टी में रहता था। यह ऐसी बस्ती थी कि जिसमें गलियाँ थीं अधिक, सड़कें बहुत कम थीं। इन गलियों पर जब दो लोग, आमने-सामने या आजू-बाज़ू से निकलते थे तो उनके

कन्धे टकराते थे। इस बस्ती में जितने लोग रहते थे, उनके कन्धे इसी वजह से हमेशा लाल बने रहते थे और उनमें एक चुनमुनाहट हमेशा ठहरी रहती थी। नौकरी-चाकरी के लिए, बरतन-भाँड़े के लिए, पानी-पेशाब के लिए या कहें कि कहीं भी आने-जाने के लिए, इन गलियों में होना ही पड़ता था। गली में हो तो कितनी भी कोशिश कर लो, कन्धे टकराते ही थे। इसका कुछ नहीं किया जा सकता था। इससे बचना मुश्किल था। इस बस्ती की पहचान ही यह हो गयी थी कि यह लाल कन्धोंवाले स्त्री-पुरुषों कि बस्ती थी। बच्चों के कन्धे उन गलियों में कभी नहीं टकराते थे। वे नन्हे थे और उनके कन्धे भी नन्हे ही थी। बच्चे इस बस्ती की गलियों में, चीख़ते-चिल्लाते, हँसते-खिलखिलाते, अबाध भागते रहते थे। जब तक वे बड़े नहीं हो जाते। जिस दिन इन गलियों में, उनके कन्धे आपस में टकराने लगते, वे समझ जाते कि अब वे बच्चे नहीं रहे, बड़े हो गये हैं।

यह जो कन्धों को घिसती, बस्ती की गलियाँ जिस महानगर में थीं, वह आपाधापी का नगर था। इस नगर के लोग, यहाँ से वहाँ, पता नहीं कहाँ-कहाँ, आते-जाते रहते थे लगातार। जो आते थे उन्हें बस पता था कि वह कहाँ से आ रहे हैं। जो जाते थे उन्हें बस पता था वे कहाँ जा रहे हैं। सैकड़ों लोकल ट्रेनें, लोगों को यहाँ से वहाँ, दिन-रात करती रहती थीं। सड़क-मार्ग भी दिन-रात भरा रहता था बसों, टैक्सियों, निजी मोटरगाड़ियों और दुपहियों से। यात्रा करते लोग, हमेशा चुप रहते थे। चुप बैठे या चुप खड़े। कि शोर इतना था कि कुछ बोलो तो वह शोर में डूब जाता था। वह महानगर था। वह ना दिन में चुप रहता था और न रात में। महानगर आवाजाही, कारख़ानों और मनुष्यों से उठे शोर के भीतर रहता था हमेशा। रात में यह शोर थोड़ा मद्धिम पड़ता, पर बन्द कभी नहीं रहता। यह जो शोर था, उसमें उस महानगर की साँसें थीं। लगता कि जिस दिन यह शोर ख़त्म होगा। ख़त्म हो जायेगा महानगर भी। तो वे पति-पत्नी इस महानगर के शोर के भीतर रहते थे। रहते थे, शोर में डूबे दिन और रात के भीतर। रहते-रहते यह शोर अब उन्हें सुनाई देना बन्द हो चुका था। सामान्य बातचीत भी, उन्हें थोड़ा ज़ोर से बोलने पर ही सुनाई देती थी। ऐसा था कि इस महानगर के सारे बाशिन्दे ज़ोर से बोलते थे कि धीरे बोलो तो एक दूसरे को सुन नहीं पाते थे। बाशिन्दे ज़ोर से बोलने के आदि हो गये थे। महानगर से बाहर, वे कभी जाते अपने गाँव-घर तो यह उनका ज़ोर से बोलना दिखने लगता था और शान्त जगह में अटपटा हो जाता था। वे दूसरों को बहरा समझते, पर महानगर से बाहर ज़ोर-ज़ोर से बोलते हुए वे ख़ुद बहरे लगते थे।

वे दोनों पति-पत्नी, महानगर के इसी शोर के भीतर तैरते, एक कमरे के घर में रहते थे। कमरे का आकार मुश्किल से दस बाई दस का ठहरता था। कमरा ईंटों से बना था और ऊँचाई में बमुश्किल उनके क़द को समेट पाता था–ऐसा कि एड़ी उठाने भर से, सिर कमरे की छत से टकरा जाता था। कमरे की ईंटें भूरी नहीं थीं। थीं एकदम काली। ये फ़ैक्टरियों के डस्ट से बनी ईंटें थीं। ईंटों के ऊपर प्लास्टर नहीं था तो दोनों पति-पत्नी ने मिलकर, उस कमरे की इन काली ईंटों को चूने के घोल में नील मिला, नीला करने की कोशिश की थी, पर वे पूरी तरह सफल नहीं हो पाये थे। ईंटों पर जो नीला उभरा था, वह कुछ अजीब-सा नीला था। वह कुछ-कुछ साँवला-सा नीला था। वे जान गये थे कि दीवारों पर अगर होता प्लास्टर तो नीला पूरी तरह शायद नीला उभरता। एक नहीं तो कई बार पोतने पर उभरता, पर उभरता ज़रूर नीला।

प्लास्टरवाले ऐसे ही घर थोड़े महँगे पड़ते थे। यह घर, उस आदमी को सस्ते में मिल गया था। यह अवैध घर था जो सरकारी या कहें कि रेल्वे की ज़मीन पर बना था। इस घर पर जिसका क़ब्ज़ा था, उसने पैसा लेकर अपना क़ब्ज़ा उसे बेच दिया था। जिसका क़ब्ज़ा था, वह आदमी एक नामी गुण्डा था और साथ ही नेता भी था। उसका धन्धा ही यह था कि ख़ाली ज़मीन के टुकड़े पर, बाँस-बल्ली गाड़, छप्पर तान दो। तान दो और आपत्ति का इन्तज़ार करो। आपत्ति आयी तो पहले टटोलो उसे, अपने से कमज़ोर है तो डराओ-धमकाओ। अपने से ज़्यादा ताक़तवर है तो हाथ जोड़कर क़ब्ज़ा छोड़ दो। पर क़ब्ज़ा छोड़ने की नौबत कम ही आती थी। महानगर का सारा भूभाग इन गुण्डेनुमा नेताओं के बीच बँटा हुआ था। क़ब्ज़ा करो, एक कमरा रचो और किसी उस ग़रीब ज़रूरतमन्द को बेच दो जो अपने घर का स्वप्न देखता रहता है। इस देश के करोड़ों लोग इसी तरह के, एक कमरे के घरों में रहते हैं। इस देश में करोड़ों लोग इसी तरह के घरों से, अपने घर का सपना पूरा करते हैं।

उस आदमी का यह घर, रेल की पटरी के किनारे था। पटरी और घर के बीच में नाला था, जिसमें काले रंग की गाढ़ी गन्दगी बहती थी। घर हमेशा रेलगाड़ी के साथ धड़धड़ाता रहता था। घर को धड़धड़ाती रेलगाड़ी की आवाज़ सुनायी नहीं देती थी। नहीं आती थी घर को नाले की बू। घर, दोनों का इस तरह आदी हो चुका था कि रेलगाड़ी के पटरी पर गुज़रते ही, रेलगाड़ी बन धड़धड़ाने लगता था और बाक़ी समय वह नाले की बू में डूबा रहता। आदमी और उसकी पत्नी को भी, अब अपने घर की तरह ही, रेलगाड़ी की धड़धड़ाहट सुनाई नहीं देती थी और उनकी नाक में नाले की बू का आना, जाने कब से बन्द हो चुका था।

आदमी को तीन दिन पहले ही यह पता चला था कि उसकी पत्नी गर्भवती है। वह बहुत ख़ुश हुआ था। ख़ुश होने के थोड़ी देर बाद ही, उसने इस पर होने वाले ख़र्च को सोचा और दुखी हो गया था। उसने सोचा कि बच्चा जल्दी आ गया। वह सम्हल ही नहीं पाया और बच्चा आ गया था–उसे चौंकाता। बच्चे हमेशा चौंकाते हुए ही आते हैं इस पृथ्वी पर–यह उसे पता नहीं था। शादी किये उसे मुश्किल से एक बरस ही हुआ था। शादी इसलिए हो पायी थी कि उसकी पत्नी के घरवालों को उस आदमी के पास, महानगर में एक कमरा होना बड़ी बात लगी थी। कमाता-खाता तो वह था ही। वह मज़दूर था, पर ठीक-ठाक मज़दूर था।

जिस कम्पनी में वह मज़दूर था, वह एक जानी-मानी बिस्कुट कम्पनी थी। वह इतनी पुरानी बिस्कुट कम्पनी थी कि उसके पहले बिस्कुट का स्वाद, इस देश के हर आदमी की ज़ुबान पर था या कभी न कभी रहा था। वह कई पीढ़ियों की ज़ुबान पर था। कम्पनी ने उस पहले और सस्ते बिस्कुट से शुरू किया था और अब उसे स्थापित हुए बरसों हो गये थे। कम्पनी का वह अब भी सबसे अधिक बिकने वाला सस्ता और अच्छा बिस्कुट था। अब वे किसिम-किसिम के बिस्कुट के साथ ही चाकलेट का निर्माण भी करने लगे थे। पर वह सबसे सस्ता बिस्कुट, अब भी कम्पनी की पहचान था। अब भी लोग उसे खाते थे। उस सस्ते बिस्कुट के पास जो स्वाद था और किसी बिस्कुट के पास नहीं था।

वह आदमी, फ़ैक्ट्री की उसी यूनिट में काम करता था, जिसमें यह सस्ता बिस्कुट बनता था और जिसके रैपर से एक बच्चा अपनी अँगुलियाँ सामने की ओर उठाये, हमेशा मन्द-मन्द मुस्कुराता दिखाई देता था। यह वर्षों पहले, इस देश की स्वतन्त्रता से दस-बारह बरस पहले जन्मे, बच्चे की तस्वीर थी। तस्वीर में, वह बच्चा, चार बरस से कुछ माह कम या ज़्यादा का लग रहा था। यह उस बच्चे की तस्वीर थी, जो जाने कब जवान, अधेड़ और बूढ़ा होकर अब मर चुका था। बरसों पहले बिस्कुट कम्पनी ने, उस बच्चे के पिता को शायद कुछ भुगतान, उस बच्चे की तस्वीर के लिए किया था और तुरन्त बच्चे और उसके परिवार को भूल गये थे। उस समय, उस बच्चे के माँ-बाप के अलावा, वे जिस चाल में रहते थे, उसकी चाल के लोग ही यह जानते थे कि वह, उस बहुत बिकने वाले बिस्कुट का चेहरा है। धीरे-धीरे लड़का बड़ा होता गया और जल्द ही बिस्कुट के रैपर के चेहरे को उसने अपने पास से खो दिया। अब चाल के निवासियों को भी, किसी को यह बताने में मुश्किल होती थी कि मशहूर बिस्कुट का चेहरा उनकी चाल में रहता है। बिस्कुट बिकता रहा और बिस्कुट के रैपर पर वह बच्चा उसी तरह बना रहा, वहाँ नहीं बढ़ी उसकी उम्र एक

दिन भी, पर चाल में रहते और जीवन में खटते उस बच्चे की उम्र तेज़ी से बढ़ती गयी। वह जवान हुआ। हुआ फिर अधेड़। फिर बूढ़ा हो गया। मर गया फिर एक दिन अड़सठ साल की उम्र में। फिर चाल में रैपरवाले बच्चे की पीढ़ी ही नहीं बची और अब किसी को उस चाल में यह मालूम ही नहीं था कि मशहूर बिस्कुट का चेहरा कभी यहाँ रहता था। अभी दो बरस पहले ही वह चाल बिक गयी और उसकी जगह अब आसमान को छूती एक बहुमंज़िला इमारत है और अब किसी को पता नहीं है कि उस चाल के निवासी इस महानगर में कहाँ-कहाँ, किस-किस जगह पर रहते हैं।

उस धूल हो चुकी चाल का वह बच्चा जो अब बूढ़ा होकर मर चुका था, इस तरह उस बिस्कुट का चेहरा बना था कि कम्पनी उसे कभी उस बिस्कुट के रैपर से हटा नहीं पायी। एक बार उस कम्पनी के एक उत्साही सीईओ ने यह कोशिश की और वह उस बिस्कुट के लिए, एक नये बच्चे का चेहरा ले आया जो उस ज़माने के एक सुपर स्टार अभिनेता का गोलमटोल सुन्दर बेटा था और कम्पनी ने उसके लिए एक बड़ा भुगतान भी उस अभिनेता को किया। पर कम्पनी का वह पैसा समझो डूब गया, क्योंकि जैसे ही यह नया बच्चा बिस्कुट के रैपर पर आया, बिस्कुट की बिक्री कम होते-होते एक माह के अन्दर ही आधी हो गयी। जैसे उस बिस्कुट के जन्म के समय के बच्चे के रैपर पर न रहते ही, भीतर बिस्कुट का स्वाद ही बदल गया हो। कम्पनी ने नये बच्चे को, रैपर से तुरन्त हटाया और उस पुराने बच्चे के मुस्कुराते चेहरे को फिर ले आयी और बिस्कुट की बिक्री फिर बढ़ गयी और बिस्कुट के भीतर स्वाद फिर लौट आया।

वह मज़दूर आदमी और उसकी पत्नी भी यही बिस्कुट खाते थे। कम्पनी के आउट्लेट में उन्हें, यह बाहर से और सस्ते में मिल जाता था। इसलिए वह रैपर में मुस्कुराता बच्चा उनकी झोंपड़ी में भी मुस्कुराता रहता था। यह मुस्कुराता बच्चा झोंपड़ी से लेकर बहुमंज़िला इमारतों और विशाल बँगलों तक मुस्कुरता था। अगर वे इस बिस्कुट को नहीं खाते थे तो भी अपने नौकर-चाकर के लिए मँगवाते ही थे। सच तो यह था कि वे भी खाते ही थे यह बिस्कुट कि बिस्कुट का स्वाद ही ऐसा था...

यह इक्कीसवीं सदी के दूसरे दशक का कोई साल था। यह उस साल के किसी एक दिन की बात थी। उस बिस्कुट को अब पचहत्तर साल होने वाले थे, जिसकी रैपर पर देश की स्वतन्त्रता से पहले जन्मा बच्चा, अब भी मन्द-मन्द मुस्कुरा रहा था।

यह वही साल था, जिसमें उस आदमी की औरत को, आज से छह माह बाद, बच्चा होना था। यह वही साल था, जिसमें वह आदमी, अपनी औरत के बढ़ते पेट

को देख, चिन्ता और ख़ुशी में रहता था–हमेशा। साथ-साथ चिन्ता और साथ-साथ ख़ुशी। ख़ुशी, बच्चे के पैदा होने की रहती थी। चिन्ता बच्चे के पैदा होने के ख़र्च की रहती थी। यह वही बरस था जिसमें इस आदमी को यह स्वप्न आने लगे थे कि फ़ैक्ट्री आते-जाते लोकल में या स्टेशन में या ठीक फ़ैक्ट्री के गेट में, उसे सौ रुपये के नोटों का एक बण्डल मिल गया है और वह आसपास चौकन्नी निगाह डाल, उसे चुपचाप उठा रहा है और उठाकर डाल रहा है चुपचाप अपनी जेब में। वह मुस्कुराता हुआ घर लौट रहा है। पत्नी को गले लगा रहा है। चूम रहा है पत्नी के बढ़े पेट को और सहला रहा है। सहला रहा है अपने बच्चे को। पर यह सब स्वप्न में ही रहा आदमी के। स्वप्न से बाहर आते ही वह ख़ाली हाथ बना रहा। बना रहा पत्नी के बढ़ते पेट को देख चिन्ता में। फ़ैक्ट्री से उसे जितनी तनख़्वाह मिलती थी, महानगर जीवनयापन ख़र्च के लिए ही, उसकी जेब को निचोड़कर निकाल लेता था। महीने के आख़िरी तक, आसपास की इतनी उधारी हो जाती कि लगभग उसकी आधी तनख़्वाह को छूने लगती थी। बाक़ी बची आधी तनख़्वाह, महीने के पहले सप्ताह ही ख़त्म हो जाती थी। यह एक ऐसा अर्थतन्त्र था, जिसमें उस बहुप्रसिद्ध बिस्कुट कम्पनी के सारे मज़दूर फँसे हुए थे।

उस दिन जो बिस्कुट के पचहत्तर साल पूरा होने के, कुछ हफ़्ते पहले का एक दिन था, फ़ैक्ट्री में उनकी यूनिट में एक नोटिस चस्पाँ की गयी, जिसका मजमून कुछ इस तरह था कि हमारी बिस्कुट कम्पनी, अपने पचहत्तर साल होने के उपलक्ष्य में यह घोषणा करती है कि जो भी कामगार, इस अवसर पर अपने सीने और पीठ में, बिस्कुट के रैपर के बच्चे का गोदना (टैटू) गुदवायेगा, उसे अभी मिल रहे वेतन से दोगुना वेतन दिया जायेगा। यहाँ यह भी स्पष्ट किया जाता है कि मात्र पैंतालीस वर्ष तक की उम्र के कामगार ही, गोदना गोदवाने के लिए पात्र माने जायेंगे और उन्हीं के बीच से ही, गोदने के लिए सर्वथा योग्य पाँच कामगारों का चुनाव किया जायेगा और अगर पात्र कामगार नहीं मिलते हैं तो इस योजना को रद्द भी किया जा सकता है। अन्य शर्तों की जानकारी के लिए, एच.आर.मैनेजर से कामगार सम्पर्क कर सकते हैं। इस नोटिस के नीचे कम्पनी के सीईओ का दस्तख़त, कम्पनी की मुहर के साथ अंकित था और बिल्कुल अलग चमक रहा था। इसका साफ़ मतलब यह था कि यह कोई मज़ाक़ नहीं था। बिस्कुट कम्पनी इस बात को लेकर पूरी तरह गम्भीर थी।

इस नोटिस ने, उस यूनिट के कामगारों को विचित्र दुविधा में डाल दिया, जिसमें वह मुस्कुराते बच्चे की रैपरवाला बिस्कुट बनता था। दुविधा यह थी कि वे अपनी कम्पनी को अब तक जितना जानते थे, उन्हें यह अनुमान था कि सिर्फ़ सीने और

पीठ पर, बिस्कुट के रैपर के बच्चे को गुदुवा लेने भर से कम्पनी तनख़्वाह दुगुना करने से रही। क्योंकि इसमें तो गोदने को देखेगी घर में कामगार की पत्नी या देखेंगे उसके बच्चे या सार्वजनिक बम्बे में नहाते समय देखेंगे उसके पड़ोसी। इससे तो कम्पनी का काम चलने से रहा। कोई कम्पनी क़मीज़ के पीछे छिपे गोदनों के लिए, तनख़्वाह दोगुनी क्यों करेगी?

ज़ाहिर था, उस नोटिस के भीतर, उसी तरह छिपी हुई शर्तें थीं, जैसी किसी भी कम्पनी के विज्ञापनों में, आमतौर पर रहती हैं। छिपी शर्तें, अगर विज्ञापित कर दी जायें तो कोई भी विज्ञापन लोक-लुभावन नहीं बचेगा। सारी कम्पनियाँ यह जानती हैं, इसलिए वे हमेशा बहुत चालाकी से रचती हैं विज्ञापन। इस चालाकी के लिए, वे करोड़ों ख़र्च करती हैं कि अरबों कमा सकें। विज्ञापनों में वे ऐसा जाल रचती हैं कि किसी भी आदमी के उससे बच निकलने की उम्मीद नगण्य रहती है। वह वैसे ही है कि कम्पनी के लिखे मूल्य में 999 को कभी हम शुरू में हज़ार नहीं समझ पाते, वह हमेशा 900 बन, हमारे दिमाग़ में उतरता है। कम्पनियाँ "अप-टू" बारीक अक्षरों में लिखकर, वस्तुओं के मूल्य में, 50 या 75 प्रतिशत तक छूट की घोषणा करती हैं और नीचे फिर बारीक अक्षरों में "शर्तें लागू" लिख देती है। "अप-टू" और "शर्तें लागू" उपभोक्ता का दिमाग़ चाहकर भी नहीं पकड़ पाता है। उसके दिमाग़ में 50 या 75 प्रतिशत तक छूट की गूँज ही बजती रहती है। जैसे 999 भुगतान करते समय 900 नहीं 1000 बन जाता है हमेशा और मन में सोचा 900 कभी नहीं बनता, वैसे ही 50 या 75 प्रतिशत की कथित छूट, कब 10 या 20 प्रतिशत में बदल जाती है, यह उपभोक्ता को भुगतान करते समय ही पता चलता है। कम्पनियाँ एक ख़रीदने पर तीन या चार मुफ़्त की घोषणा करती हैं और एक का मूल्य इतना बढ़ा देती हैं कि चार उसमें समा जाते हैं। उपभोक्ता सोचता है कि वह एक की क़ीमत पर चार ख़रीद रहा है, पर असल में वह चार की क़ीमत पर एक ख़रीद रहा होता है। यह ऐसा धोखा है जो एक उपभोक्ता बार-बार खाता है। कम्पनियाँ इसी तरह मनुष्य के दिमाग़ में क़ब्ज़ा करने के तरीक़े ढूँढ़ती रहती हैं। वे मूल्य का धोखा रचती हैं। वे छूट का धोखा रचती हैं। वे अपने उत्पाद का धोखा, इस तरह उपभोक्ता के दिमाग़ में गढ़ती हैं कि वह सिर्फ़ उसे ही सोच सके। वे हर तरफ़ से उपभोक्ता के मस्तिष्क को घेर लेना चाहती हैं। घेर लेती हैं।

दुपहर के भोजन का जब सायरन बजा और मज़दूर एक मँझोले से हाल जैसी जगह में अपने-अपने टिफ़िन लेकर, खाने की अपनी-अपनी जगह पर बैठे

तो कम्पनी का वह गोदना-नोटिस ही आज मज़दूरों की बातचीत की जगह को घेरता गया।

"गोदना गुदवाने में क्या दिक़्क़त है, जब तनख़्वाह दुगनी हो रही है?"

"दिक़्क़त क्या है...कोई दिक़्क़त नहीं...दुगनी तनख़्वाह किसे बुरी लगेगी।"

"सबको गोदना नहीं मिलेगा...पैंतालीस बरस से कम कामगार बहुत हैं...और चुना जाना सिर्फ़ पाँच को है..."

"हाँ, कठिन तो है...और पता नहीं क्या-क्या शर्तें भी होंगी..."

"शर्तें तो जो होंगी, वे होंगी...बड़ी बात यह होगी कि चुने जाने पर इसके लिए तुम्हें नंगा घूमना पड़ेगा..."

" दोगुनी तनख़्वाह के लिए तो नंगा घूमा जा सकता है..." एक मज़दूर ने हँसते हुए कहा।

"नंगा क्या...ज़्यादा से ज़्यादा उधड़ा बदन रहना पड़ेगा, जिससे कम्पनी का टैट्टू दिख सके..."

"मुझे नहीं लगता कि चौबीस घण्टे पीठ और सीना खोले रखने को वे कहेंगे...""

"कह भी सकते हैं...तब सोचो ठण्ड में क्या करेंगे?"

"यहाँ ठण्ड तो पड़ती नहीं है...कम्पनी ने सोच-समझकर सब तय किया है..." यह बात बिल्कुल सही थी। महानगर समुद्र के किनारे था और उमस से भरा रहता था। यहाँ मज़दूरों के भीतर काम करते-करते हमेशा क़मीज़ उतार फेंकने की इच्छा जागती थी। शहर की स्थायी उमस के अलावा, यूनिट में बड़ी-बड़ी इलेक्ट्रिक भट्टियों का ताप भी फैला रहता था। मज़दूर यूनिट के भीतर पसीने से लथपथ ही रहते थे।

इसलिए अगर यूनिट के भीतर, बिना क़मीज़, काम करने कि अनुमति गोदने के कारण कम्पनी दे दे तो इसमें कोई बुराई नहीं थी। किसी-किसी के उभरे और किसी-किसी के धँसे सीने में, किसी-किसी के काले और किसी-किसी के सीने के सफ़ेद हो गये बालों के बीच, बिस्कुट के रैपर के उस बच्चे की मन्द-मन्द मुस्कान, रैपर जितनी ही रहेगी या मज़दूरों के सीने में आकर कुछ और बढ़ जायेगी या कम हो जायेगी—यह कोई नहीं बता सकता था। अपनी पीठ पर गुदे गोदने को मज़दूर कभी देख नहीं सकते थे। देख सकते थे बस सीने पर गुदे गोदने को। पर बिस्कुट के रैपर के बच्चे का, मज़दूरों का लगभग हर सीना इन्तज़ार कर रहा था। कर रही थी मज़दूरों की हर पीठ। इसके बावजूद कि उन्हें पता था कि सबको चुना नहीं जाना था।

चुना जाना था बस कुछ को। उन्हें यह पता नहीं था कि उनके सीने में बालों का बचना कितना मुश्किल था। बाल चाहे वे सफ़ेद हों या हों काले, कम्पनी के गोदने को वे चाहे कम ढँके, ढँकेंगे तो ज़रूर ही। गोदने को ढँकेंगे तो बचेंगे कैसे? उन्हें पता नहीं था कि उनका रंग भी गोदने के उनके शरीर तक आने में बाधा बन सकता है। काली देह में बिस्कुट का बच्चा उभरेगा कैसे? काले में काला गुम हो जायेगा। लगेगा कि रैपर का बच्चा अँधेरे से झाँक रहा है या झाँक रहा है किसी गहरे कुएँ से।

सच यह है कि कम्पनी ने पहले गोदने के लिए मज़दूरों के सीने को ही चुना था। पर यह एच.आर.मैनेज़र का ही सुझाव था कि पीठ में गोदना बहुत अच्छा उभरेगा—पीठ की दो हड्डियों के बीच। आमतौर पर पीठ में बाल भी नहीं होते हैं तो उनका भी झंझट नहीं रहेगा। यह भी कि मज़दूर की जाती हुई पीठ में गोदना, उसके जाते-आते सीने से ज़्यादा सुन्दर लगेगा। इस तरह गोदना, दूर तक जाता हुआ भी दिखेगा। इस तरह गोदना, दूर से आता हुआ भी दिखेगा। और पीठ पर दिखेगा सिर्फ़ गोदना। सीने का गोदना तो कामगार के चेहरे के साथ होगा और चेहरा बार-बार उसके दिखने को न दिखने में बदलता रहेगा।

वह आदमी, जिसकी पत्नी गर्भवती थी और जिसे अभी पैसे की बहुत ज़रूरत थी, वह चुपचाप खाना खाता रहा। वह सबकी सुनता रहा और उसने एक शब्द नहीं कहा। वह गेहुएँ रंग का आदमी था और उसके सीने में एक भी बाल नहीं थे। उसके पास बलिष्ठ सीना था और बलिष्ठ बाहें थीं जो कसरत करके उसने हासिल नहीं की थीं। वे बिस्कुट बनाने की मशीनों को चलाते-चलाते ऐसी हो गयी थीं। वह भीतर ही भीतर बेचैन था, पर अपने चुने जाने को लेकर आश्वस्त भी था एक हद तक। वह चाहता था कि उसका सीना चुना जाये। सीना चुन लिया जायेगा तो पीठ तो चुन ही ली जायेगी। जुड़ी थी पीठ सीने से। जुड़ा था सीना पीठ से।

उसे पैसों की बहुत ज़रूरत थी। उसके भीतर यह इच्छा जागी कि वह तुरन्त अपनी क़मीज़ के बटन खोलकर अपने सीने को देखे। पर खाते-बतियाते मज़दूरों के बीच वह यह कर नहीं सकता था। वह हँसी का पात्र बन जाता। इसलिए बह चुपचाप उठा और वाशरूम के भीतर घुस गया। वहाँ अभी कोई नहीं था और उसने अपने सीने को खोलकर देखा और बिना गुदे ही बिस्कुट के रैपर का मुस्कुराता बचा वहाँ उसे गुदा दिखा। फिर उसने अपने पीठ को देखने की कोशिश की। वह कोशिश करता रहा, पर पीठ उसे नहीं दिखी। पीठ हमेशा दूसरों के देखने के लिए होती है, अपने देखने के लिए नहीं। उसके लिए दो आईने चाहिए। एक आईना पीठ की ओर

और एक सीने की ओर। यहाँ पीठ की ओर कोई आईना नहीं था। वह अपनी पीठ देख नहीं सकता था। सच यह कि वह तेंतीस साल का हो गया था और उसने अपनी पीठ, अब तक देखी नहीं थी। दो हड्डियों के बीच की जगह पर, पीठ को खुजलाना उसके लिए मुश्किल था और वह जानता था कि अपनी पीठ पर दो हड्डियों के बीच गुदे गोदने को वह कभी छू भी नहीं पायेगा।

उस नोटिस के चस्पा होने के दूसरे दिन ही टाइम कीपर ने यूनिट के मज़दूरों के सामने यह घोषणा की कि गोदने के लिए अपने लंच-टाइम से समय निकालकर, मज़दूर एच.आर. मैनेजर से मिल सकते हैं या अपनी ड्यूटी-टाइम से पहले के एक घण्टे में या ड्यूटी-टाइम के बाद के एक घण्टे में। इस काम के लिए कम्पनी के काम का हर्ज नहीं होना चाहिए।

मज़दूरों को अब तक लग रहा था कि एच.आर. मैनेजर यहीं यूनिट में आकर उन्हें गोदने के लिए चुनेगा। टाइम कीपर की इस घोषणा के बाद, उन्हें एक तरह से चैन ही मिला कि सबके सामने नहीं चुने जाने पर, नहीं चुने जाने के दुःख और अपमान के सार्वजनिक होने से, वे बच सकते हैं। बच सकते हैं सबके सामने—अपना सीना दिखाने से। वैसे सीना दिखाने में मज़दूरों को ज़्यादा संकोच नहीं है। अपने घर-बस्ती में वे उधड़े बदन ही घूमते रहते थे, पर फ़ैक्टरी का माहौल ऐसा था कि यहाँ उनके भीतर, थोड़ा देह को लेकर संकोच जागता था। यहाँ सूटेड-बूटेड लोग भी बहुत थे। उन्हें देखकर ही उनके भीतर यह संकोच था कि क़मीज़ कैसे उतारें, सबके सामने।

जिस आदमी की पत्नी गर्भवती थी और जिसे पैसे कि बहुत ज़रूरत थी, टाइम कीपर की इस घोषणा के ठीक बाद, यह सोचा कि पाली ख़त्म होने के बाद ही वह एच.आर. मैनेजर से मिल ले, पर फिर उसे लगा पाली ख़त्म होने के बाद, अगर वह मिलने रुकता है तो उसकी बस्ती को जाने वाली आख़िरी लोकल छूट सकती है, जिसमें चढ़ रोज़ वह, खचाखच भरी यात्रियों की भीड़ में, लटकता-सटकता, साँसें समेटता, किसी तरह अपने खड़े होने की जगह बनाता, तीन घण्टों की यात्रा कर, अपनी बस्ती तक पहुँचाता था। उसने तय किया कि सुबह वह सात दसवाली पहली लोकल पकड़कर फ़ैक्टरी पहुँच जायेगा और एच.आर. मैनेजर से मिल अपने दस बजे की पाली पर काम में लग जायेगा।

जब वह आदमी, जिसकी पत्नी गर्भवती थी और जिसे पैसों की बहुत ज़रूरत थी, सुबह की पहली लोकल पकड़, ठीक लगभग नौ पच्चीस को एच.आर. मैनेजर के

केबिन के सामने खड़ा हुआ तो दरवाज़े के पास स्टूल पर, झक्क सफ़ेद ड्रेस में बैठे चपरासी ने, थोड़ी देर उसे ध्यान से देखा और फिर मुस्कुराते हुए कहा, 'गोदाना...'

उसने 'हाँ' में सिर हिलाया। वह थोड़ा घबड़ाया हुआ था। इस फ़ैक्टरी में नौकरी लगते समय भी, एच.आर. मैनेजर के इस केबिन में उसे आना नहीं पड़ा था। वह नीचे, अपनी काम की जगह पर ही चुन लिया गया था। शायद इसलिए कि उस समय कम्पनी को मज़दूरों की बहुत ज़रूरत थी और ज़रूरत की आपाधापी थी।

"ठीक है रुको, मैं साहब को ख़बर करता हूँ..." कह चपरासी केबिन के भीतर चला गया।

थोड़ी ही देर बाद, दरवाज़ा खोल चपरासी ने, उसे अन्दर आने का इशारा किया। वह अपने दाहिने हाथ की अँगुलियों को चिड़िया के पंख-सा फड़फड़ा रहा था। वह चिड़िया के उस फड़फड़ाते पंख के इशारे पर, केबिन के भीतर चला गया। उसका दिल बहुत ज़ोरों से धड़क रहा था।

केबिन में अब वे तीन ही थे। चपरासी, एच.आर. मैनेजर और वह। एच.आर. मैनेजर अपनी कुर्सी पर पसरा-सा बैठा उसे लगातार घूर रहा था। वह एच.आर. मैनेजर के घूरने की सीध में खड़ा था हाथ बाँधे। वह उसके घूरने से धीरे-धीरे पिघलने लगा था। चपरासी केबिन के एक कोने में खड़ा था। चपरासी के हाथ बँधे हुए नहीं थे। उसके हाथ एच.आर. मैनेजर के किसी भी आदेश की तत्परता के लिए खुले हुए थे। चपरासी उम्र में, अधेड़ से ऊपर चला गया था और अब अपने सीने में गोदना नहीं गोदवा सकता था। यह उसे अजीब लगा कि चपरासी केबिन से बाहर नहीं गया था, जबकि उसे चला जाना था। वह उसका संकोच होने वाला था। एच.आर. मैनेजर जो भी अब उससे पूछने वाला था, वह चपरासी के साथ, पूरी फ़ैक्टरी में पहुँचने वाला था।

एच.आर. मैनेजर ने उसे घूरते हुए ही कहा, "तुम लोगों को 'टैटू' कि बहुत जल्दी है...कल से आज तक तू आठवाँ है..."

उस आदमी ने मन ही मन सोचा, पाँच से अधिक तो उसके कल नहीं आ पाने पर हो गये हैं। उन आठ में से ही पाँच चुने जा चुके हों तो उसके तो उसके लिए सिर्फ़ चुने जाने का भ्रम ही बचा होगा अब।

"क़मीज़ उतारो अपनी..." एच.आर. मैनेजर शायद दुबारा यह वाक्य कह रहा था, क्योंकि यह बहुत तेज़ आवाज़ में बोला जा रहा वाक्य था। जो तब बोला जाता है तेज, जब बोलने वाले को यह लग रहा हो कि उसका बोला वाक्य सामनेवाले ने सुना नहीं है।

लगता है अपने सोच के घेरे में, वह एच.आर. मैनेजर के पहले बोले गये वाक्य को नहीं सुन पाया था। वह हड़बड़ाकर अपनी क़मीज़ उतारने लगा। हड़बड़ी में क़मीज़ का एक बटन टूट गया, झटके से जो ठीक उसके सीने के ऊपर था।

क़मीज़ उतरते ही, ऊपर से वह पूरी तरह नंगा था। यह इतना नंगापन था, जिससे उसे कभी शर्म नहीं आती थी। पतलून या पायजामा उतरने पर भी शर्म कम ही आती थी। शर्म बस जाँघिये के उतरने पर बची हुई थी। यह जीवन की रची मजबूरी का अभ्यास था जो नग्नता को, उसके वर्ग के लिए अलग से परिभाषित कर रहा था। यह ऐसा है कि एच.आर. मैनेजर अगर अभी अपनी क़मीज़ उतार दे तो वह उतना नंगा लगेगा, जितना वह अपनी जाँघिया उतारने के बाद लगेगा।

एच.आर. मैनेजर कुछ देर उसके सीने को देखता रहा। उसने पाया कि उसके सीने को लेकर एच.आर. मैनेजर के चेहरे पर सन्तोष का भाव उभरा है। फिर एच.आर. मैनेजर ने उसे पीछे घूमने को कहा। वह घूम गया। उसकी पीठ को देखकर, मैनेजर के चेहरे पर क्या भाव आया–यह वह देख नहीं पाया। उसके ठीक सामने केबिन का दरवाज़ा था। काँच का। काँच के पार कुछ नहीं दिख रहा था। सब कुछ उसकी पीठ के पीछे था। एच.आर. मैनेजर की आवाज़ ने, जब उसे फिर घूमने के लिए कहा तो उसने पाया कि मैनेजर के चेहरे पर, एक गहरा सन्तोष है जो कुछ पा लेने के बाद चेहरे पर उपजता है।

"नाम बताओ?"

"रामकृपाल..."

"पूरा नाम?"

"रामकृपाल मणिकपुरी।"

"बाप का नाम?

"राम सजीवन..."

" जाति?"

" कबीरपन्थी...ओ.बी.सी..."

" कहाँ रहते हो?"

उसने अपने रहने की जगह का नाम बताया। उसके रहने की जगह के नाम में बस तीन अक्षर थे और झोंपड़पट्टी की गन्ध थी।

"वहाँ से यहाँ तक पहुँचने में कितने घण्टे लगते हैं...?"

"लोकल बदलनी पड़ती है...तीन घण्टे और कभी-कभी चार घण्टे भी लग जाते हैं...लोकल के मिलने पर है।"

"ठीक है, मैं तुम्हें गोदने के लिए चुन रहा हूँ...इसलिए कि तुम्हारे पास बिस्कुट के रैपर के बच्चे के लिए, अच्छा उभरा हुआ सीना और मांसल सपाट पीठ है... इसलिए कि तुम्हारे पास लोकल आने और जाने के सात से आठ घण्टे हैं...बढ़िया है...यही तो हम लोग चाहते थे..." एच.आर. मैनेजर ने कहा। मैनेजर बहुत ख़ुश लग रहा था। उसे गोदने के लिए पहला सीना और पहली पीठ मिल गयी थी।

एच.आर. मैनेजर जानता था कि अभी तक जो आठ उसके पास आये थे, उनके पास उभरती हड्डियोंवाला सीना और काली पीठ थी। कम्पनी के रैपरवाला बच्चा, ऐसी पीठ और सीने में गुदकर तो पता नहीं कहाँ गुम हो जाता। उसे इस आदमी में वह पहली देह मिली थी जो रैपर के बच्चे के लिए शानदार और जानदार थी। दूसरा, यह आदमी लम्बी यात्रा कर रोज़ फ़ैक्टरी आ रहा था तो उसकी देह के गोदने को दिखने के लिए, सात से आठ घण्टे का लम्बा समय मिलने वाला था।

"तुम्हारे साथ कम्पनी एक एग्रीमेंट करेगी, जिसके तहत तुम्हें सार्वजनिक जगह पर क़मीज़ पहनने की अनुमति नहीं रहेगी...जैसे तुम घर से फ़ैक्टरी आते हो लोकल से तो तुम लोकल में जाते समय और आते समय क़मीज़ नहीं पहन सकते हो... बाज़ार जाते समय या कभी माल-सिनेमा हाल जाते समय भी तुम क़मीज़ नहीं पहन सकते हो...यह है कि तुम अपनी क़मीज़ किसी भी सार्वजनिक जगह पर नहीं पहन सकते हो...न इस शहर में ना इस शहर के बाहर...कम्पनी अपनी सुविधा से तुम्हें चुनी गयी सार्वजनिक जगहों पर भेज भी सकती है...क़मीज़ बस तुम अपने घर के भीतर और यहाँ अपनी यूनिट में काम करते हुए ही पहन सकते हो। मैं जो बात कह रहा हूँ, वह तुम्हें समझ में आ रही है? एच.आर. मैनेजर ने पूछा।

"ठण्ड के समय..." यह तीन शब्द—बमुश्किल उस आदमी के गले से बाहर आये, जिसकी पत्नी को बच्चा होने वाला था, जिसे पैसों की ज़रूरत थी और जिसका नाम रामकृपाल था और जो गोदने के लिए अभी-अभी एक तरह से चुन लिया गया था। उसका गला पूरी तरह सूखा हुआ था। उसे पानी की ज़रूरत महसूस हो रही थी, पर उसकी हिम्मत नहीं हुई कि एच.आर. मैनेजर के टेबल पर ठीक सामने रखे काँच के गिलास को उठाकर पानी पी सके जो पानी के पारदर्शी रंग से भरा और एक गोल प्लास्टिक के सफ़ेद ढक्कन से ढँका हुआ था।

"ठण्ड के लिए कुछ सोचेंगे...वैसे भी इस शहर में ठण्ड नहीं के बराबर पड़ती है..."

"नहीं ठण्ड में मुझे कभी बाहर जाना पड़ा तो..." उसने कहा। उसे हल्की ठण्ड में भी सर्दी लग जाती थी। वह उसकी चिन्ता कर रहा था या उसे कुछ बोलना चाहिए, इसलिए उसने यह बोल दिया था—कहा नहीं जा सकता था।

"देखेंगे...ठण्ड के लिए कम्पनी रेनकोट की तरह कोई पारदर्शी क़मीज़ बनवा सकती है...पर उसे तुम सिर्फ़ ठण्ड में ही पहन पाओगे, ठण्ड के बाद, उसे तुम्हें कम्पनी में वापस जमा करना होगा...ठीक है? तुम यहाँ से बाहर जाओ...आराम से सोचो...अपने किसी से बात करना है तो बात भी कर लो...अपने किसी का मतलब है, तुम्हारी पत्नी, बच्चे, भाई-बहन, माँ-बाप आदि इस कम्पनी के मज़दूर और कर्मचारी नहीं...समझे?...इसके लिए तुम्हारे पास पन्द्रह मिनिट का समय है...सोचो, बात करो और पन्द्रह मिनिट में आकर एग्रीमेंट पर दस्तख़त करो..." एच.आर. मैनेजर ने फिर कहा। यह कहते हुए, उसके चेहरे पर एक कुटिल, पर बारीक मुस्कान तैर रही थी, जिसे बहुत ध्यान से देखने पर ही देखा जा सकता था।

वह आदमी, जिसकी पत्नी गर्भवती थी और जिसे पैसे की बहुत ज़रूरत थी और जिसका नाम रामकृपाल था, यह सुनते ही तुरन्त केबिन से बाहर गया। फिर नीचे गया, क्योंकि केबिन पहली मंज़िल पर था। उसे नीचे जाना था, क्योंकि नीचे पानी के वे चार नल थे, जिससे मज़दूर पानी पीते थे। उसने नल के नीचे मुँह ले जाकर, दोनों हाथों को चुल्लू बना, गटागट पानी पिया और फिर धड़ाधड़ सीढ़ियाँ चढ़ता केबिन के दरवाज़े के सामने आकर खड़ा हो गया। स्टूल पर बैठे चपरासी ने इस बार उससे कुछ नहीं पूछा। उसे देखा और केबिन के भीतर चला गया।

थोड़ी ही देर बाद, केबिन का दरवाज़ा खुला। चपरासी अपने दाहिने हाथ की अँगुलियों को, चिड़िया के पंख-सा फड़फड़ा रहा था। पता नहीं क्यों चपरासी थोड़ा दुखी दिख रहा था। उसकी चिड़िया के पंख-सी फड़फड़ाती अँगुलियाँ भी थोड़ी दुखी लग रही थीं।

पर उस आदमी को जिसकी पत्नी गर्भवती थी और जिसे पैसे की बहुत ज़रूरत थी और जिसका नाम रामकृपाल था, यह बिल्कुल पता नहीं था कि वह अपने इस निर्णय से ख़ुश है या दुखी है। उसके दिमाग़ के भीतर एक सन्नाटा था जो तब जागता है, जब हम वह कर रहे होते हैं जो हमारा मन नहीं चाह रहा होता है। वह अपने दिमाग़ के सन्नाटे के साथ, केबिन के भीतर चला गया।

वह आदमी, जिसकी पत्नी गर्भवती थी और जिसे पैसे की बहुत ज़रूरत थी और जिसका नाम रामकृपाल था, अब अपने भीतर गोदने की कसमसाहट को महसूस

कर रहा था। वह गोदने के लिए चुन लिया गया था। इस कम्पनी के सबसे अधिक बिकने वाले और प्रसिद्ध बिस्कुट के रैपर में मुस्कुराता बच्चा, अब उसके सीने और पीठ पर मुस्कुराने वाला था। ऊपर से वह अब हमेशा के लिए नंगा हो जाने वाला था। पर क्या हुआ, रैपर के बच्चे के पीठ और सीने में मुस्कुराते ही उसकी तनख़्वाह दुगनी हो जानी थी।

बस यह था कि उसने अपनी पत्नी को अब तक यह नहीं बताया था कि उसने दुगनी तनख़्वाह के लिए, अपनी पीठ और सीने पर गोदना तय कर लिया है। उसके सीने पर और पीठ पर, पत्नी का अधिकार था : प्रेम-भरा। पत्नी के असंख्य चुम्बन थे, उसकी पीठ पर और थे उसके सीने पर। इस प्रेम-भरे अधिकार को वह अब बेच चुका था। पता नहीं, उसकी इस हरकत पर पत्नी ख़ुश होगी या नहीं। रैपर के उस बच्चे को, उसके सीने और पीठ पर देख, वह उसके पहले के सीने को और पहले की पीठ को ढूँढ़ेगी या नहीं, यह भी उसे ठीक पता नहीं था। अब वह इसके बारे में सोच भी नहीं रहा था। वह सोच रहा था, बस अपने आने वाले बच्चे के बारे में और यह सोच रहा था कि अपनी दुगनी हो गयी तनख़्वाह से, वह अपने कितने अभावों को भर सकता है...और अपनी और अपनी पत्नी की किस-किस उदासी को, मुस्कुराहट की रंगीन तितली में बदल सकता है...

कबाड़

वे दोनों पता नहीं कब से यहाँ रह रहे हैं–वे और उनकी पत्नी। यह उनके इकलौते बेटे का अपार्टमेंट है। यह अपार्टमेंट अब उनका अन्तिम ठिकाना है। वे रहते हैं इस अपार्टमेंट के स्टोर-रूम में, जिसकी छत, सीढ़ी के नीचे होने के कारण, इतनी नीची है कि बस साढ़े छह फ़ुट ऊँची है। स्टोर-रूम जितना ऊँचा है, उससे बस थोड़ा ही ज़्यादा चौड़ा और लम्बा है–अपने आकार में। स्टोर-रूम में वे घर के कबाड़ के साथ रहते हैं। पर फिर भी ख़ुश रहते आये हैं कि वे रह रहे हैं अपने बेटे और उसके परिवार के साथ।

वे जब यहाँ रहने आये थे, तब उनका बेटा जवान था। जवान थी उनकी बहू। पोता-पोती, दो और चार साल के थे। इस बात से यह अन्दाज़ लगाया जा सकता है कि वे कितने बरसों से यहाँ हैं कि उनके बेटे-बहू अब बूढ़े हो गये हैं–सत्तर के आसपास। पोता-पोती ने जवान होकर इस घर को अब छोड़ दिया है और बेटे ने अपने बेटे और बेटी के रहने के लिए बड़े शौक़ से जो सबसे अच्छे और बड़े कमरे इस आपार्टमेंट में रखे थे, वे अब ख़ाली हैं। बेटे-बहू इस ख़ाली हो गये कमरों से अलग, एक छोटे कमरे में रहते आये हैं और आज भी रह रहे हैं कि रहते-रहते छोटे कमरे की आदत पड़ गयी है और इस उम्मीद की भी आदत पड़ गयी है कि बच्चों का ख़ाली कमरा किसी दिन बच्चों से भर जायेगा। उनके बेटे-बहू, ख़ाली पड़े इन दो कमरों की रोज़ सफ़ाई करते हैं और रोज़ प्रतीक्षा करते हैं उनके भर जाने की। बेटे के कमरे का बेटे से भर जाने की और बेटी के कमरे का बेटी से भर जाने की वे रोज़ प्रतीक्षा करते हैं।

उनके बेटे ने अपने माँ-बाप के लिए इस आपार्टमेंट में कोई बेडरूम जैसी जगह नहीं रखी थी तो जब वे दोनों यहाँ पहुँचे–एक के बाद एक, तो उन्हें रहने की कोई अच्छी जगह नहीं मिली। वह तभी मिल सकती थी, जब कम से कम बहू न सही,

बेटा ही यह कभी सोच पाता कि इस अपार्टमेंट का यह कमरा उसके माँ-बाप के लिए है। क्योंकि बेटे ने कभी यह सोचा नहीं था तो उनके लिए बेटे के इस अपार्टमेंट में कमरा नहीं रहा उनके लिए। (ठीक उसी तरह, जैसे कभी उनके बेटे के बेटे ने भी नहीं सोचा–उनके बेटे और बहू के लिए और उसके अपार्टमेंट में भी अपने माँ-बाप के लिए कोई कमरा नहीं है।) कमरा नहीं रहा तो वे दोनों इस अपार्टमेंट के उस कमरे में रहने लगे, जिसे स्टोर-रूम कहते थे और जिसमें घर का कबाड़ भरा हुआ था।

यह अलग बात है कि इतने बरसों बाद भी न उनके बेटे को पता है, न उनकी बहू को, न उनके पोता-पोती को कि वे और उनकी पत्नी–उनके साथ रहते आ रहे हैं। पता है बस स्टोर-रूम के कबाड़ को कि एक बूढ़ा आदमी और एक बूढ़ी स्त्री जाने कब से उनके साथ रह रहे हैं। स्टोर-रूम में पड़े पलास्टिक, अल्युमिनियम, पीतल, ताँबा, लकड़ी आदि के वे सामान जिन्होंने अपना रंग-रूप खो दिया है या जो इस्तेमाल होते-होते टूट-फूट गये हैं–अपने बीच इन दोनों बूढ़े स्त्री और पुरुष के लिए जगह बनाते रहते हैं। समय जो बाहर घटता है, वह स्टोररूम में नहीं घटता है–यह स्टोर रूम में पड़े रद्दी सामान और वे बूढ़े स्त्री-पुरुष दोनों जानते थे। बूढ़े स्त्री-पुरुष पूरे आपर्टमेंट में घूम-फिर सकते थे, पर रद्दी सामानों को तो स्टोर रूम में ही पड़ा रहना पड़ता था। आजकल वे दोनों बूढ़े स्त्री-पुरुष, अपने बूढ़े हो गये बेटे और बूढ़ी हो गयी बहू को लगातार बेचैन और अकेला देख दुखी होते हैं...पर सच यह भी है कि ख़ुश भी होते है उन्हें दुखी देख। जीवन कितना अजीब होता है कि वहाँ सुख के भीतर एक दुःख और दुःख के भीतर एक सुख पनपता रहता है!

वे सोकर उठे। वे सोकर उठे थे–उस शहर में, जिसमें उनके बेटे का यह अपार्टमेंट नहीं था। वे सोकर उठे थे उस घर में जहाँ, इस अपार्टमेंट में फिंक जाने से पहले वे रहते थे और जिस घर में कोई स्टोर-रूम नहीं था। वे सोकर उठे थे–उस समय में जो आज से बरसों पहले घटित हो रहा था, जिसमें उनका बेटा जवान था और नाती-पोते पैदा हो रहे थे और बड़े हो रहे थे।

उठते ही उन्होंने दोनों हथेलियों से, ऊपर से नीचे अपना चेहरा पोंछा–ईश्वर को बुदबुदाते हुए। फिर खिड़की की ओर देखा। वे जानते थे कि खिड़की के परदे को हटाते ही अलस्सुबह का नीला अँधेरा उन्हें बाहर मिलेगा जो धीरे-धीरे सूरज में घुलता जायेगा और खो देगा अपना नीलापन। खिड़की के परदे हटाने से पहले, उन्होंने जनेऊ से अपनी पीठ खुजलायी। यह जैसे उनकी रोज़ की आदत थी।

सुबह उठते ही उन्हें लगता कि पीठ खुजला रही है और वे जनेऊ को दो विपरीत सिरों से पकड़, पीठ खुजलाने लगते थे। पीठ हमेशा उस जगह पर खुजलाती थी, जिस जगह तक हाथों की अँगुलियाँ पहुँच नहीं पाती थीं। पहुँचता सिर्फ़ जनेऊ था। यह एक तरह का ख़ब्त था और उनके साथ यह बरसों से था। उन्हें एक ख़ब्त और था, जिससे लोग थोड़ा परेशान हो जाते थे। उन्हें अपने घर में जलते बल्ब-ट्यूबलाइट या चलते कूलर-पंखे को देख, उनके भीतर घूमता बिजली का मीटर दिखता था। उनकी अँगुलियाँ स्विच को ऑफ़ करने के लिए बेचैन हो जाती थीं। उनकी इस हरकत की सबसे बड़ी शिकार उनकी पत्नी थीं। दोनों अलग-अलग कमरे में सोते थे कि अब साथ सोना–एक दूसरे को कष्ट देना हो गया था। इस उम्र तक आते-आते शरीर पीड़ा की कराहों और खर्राटे से लेकर, खाँसी-ज़ुकाम जैसी पता नहीं कितनी आवाज़ें पैदा करता था तो अलग-अलग सोकर इन आवाज़ों से वे दोनों बचे रहते थे। पर बाथरूम दोनों के कमरों के बीच था। उनकी पत्नी बाथरूम में रहतीं और बाथरूम के दरवाज़े से रोशनी उन्हें झाँकते दिखती तो उन्हें लगता कि पत्नी लाइट बन्द करना भूल गयी हैं और वे बाहर से स्विच ऑफ़ कर देते। पत्नी अँधेरे से चीख़ती कि चालू करो मैं भीतर हूँ। वे हमेशा स्विच ऑफ़ करते और वे हमेशा अँधेरे से चीख़तीं। वे दोनों अपना-अपना कमरा खोलकर सोते कि इस उम्र में अचानक कुछ घटा तो उस घटे की आवाज़ सुन सकें। पहुँच सकें एक-दूसरे के पास। पर कुछ घटने की आवाज़, उनके कमरे से पत्नी के कमरे तक कभी नहीं आयी। अलबत्ता वे आ जाते थे–चलते कूलर को बन्द करने कि बिना पानी के कहीं कूलर का मोटर जल न जाये। सच यह था कि पानी होते हुए भी, उन्हें कूलर में पानी नहीं दिखता था और वे पत्नी के कमरे का कूलर बन्द कर देते थे। गहरी नींद सो रही पत्नी को कूलर का बन्द होना तब पता चलता, जब गर्मी से नींद टूटती। वे अपना सिर पीटतीं और कूलर फिर चालू कर लेतीं। उनके इस ख़ब्त के शिकार, उनके घर में कभी-कभार आने वाले लोग़ भी हो जाते थे। आये लोग बड़ी परेशानी और निरीहता से उनकी इस हरकत को देखते और एक बूढ़े का ख़ब्त मान उन पर दया करने लगते। पत्नी शर्मिन्दा रहतीं। उन्हें लगता कि उनके साथ यह रोज़ घट रहा है, पर घर आये मेहमानों के सामने इसे नहीं घटना चाहिए। पर यह घटता रहा। कूलर-बत्तियाँ बन्द होती रहीं।

इस बिजली के ख़ब्त से पहले, उनके पास पानी का ख़ब्त था। एक दिन निगम की टंकी कि सफ़ाई के कारण उनके घर में पानी की किल्लत हो गयी और उन्हें लगा कि पृथ्वी पर पानी कम होता जा रहा है। उन्होंने पानी को लेकर यह नहीं

सोचा कि उसे कम ख़र्च कर बचाये रखना ज़रूरी है, बल्कि ठीक इसके विपरीत, यह सोचा कि उसे इकट्ठा कर बचाये रखना ज़रूरी है। और जब पानी आया तो वह घर के हर बरतन में, पानी भरकर उसे रखने लगे। बाल्टी-टब के अलावा, छोटी-छोटी कटोरियों, प्लास्टिक और स्टील के छोटे-बड़े डिब्बों तक। यह समझें कि वे हर ख़ाली बर्तन में पानी भरकर रखने लगे। एक दिन तो हद ही हो गयी, जब उनकी पत्नी ने यह देखा कि घर के हर छोटे-बड़े चम्मच में पानी भरा हुआ है। उनके इस ख़ब्त से उनकी पत्नी को खाना बनाने से परसने तक दिक़्क़त होने लगी। हर बर्तन में पानी रहता और फेंकने पर ही बरतन को ख़ाली किया जा सकता था या छोटे-छोटे बर्तनों में इकट्ठा पानी से आधा-अधूरा इस्तेमाल कर ही उन्हें ख़ाली कर सकते थे। पत्नी ने चिल्ला-चिल्लाकर, पानी से भरे बर्तन-भाँड़े फ़र्श पर पटक-पटककर, बमुश्किल उनकी यह आदत छुड़ाई थी। वह छूटी तो उन्होंने यह बिजली की ख़ब्त पकड़ लिया था और उनकी पत्नी को उनका यह ख़ब्त उतना परेशान नहीं करता था, जितना कि पानी का करता था तो वे उनके इस ख़ब्त पर कभी-कभार चिड़चिड़ाती तो रहती थी, पर इतना अधिक उनकी पत्नी ने ऐसा कुछ नहीं किया, जितना उन्होंने उनके पानी के ख़ब्त के विरोध में किया था तो यह ख़ब्त उनके साथ बँधा रहा। कूलर-बत्तियाँ बन्द होती रहीं। वे जनेऊ से पीठ खुजाते रहे। उम्र इसी तरह बढ़ती रही।

वे तिरासी बरस की लम्बी उम्र को पार कर चुके थे। उनकी देह पर उतनी ही झुर्रियाँ थीं–जितनी पृथ्वी की देह पर होंगी। वे पृथ्वी का ऊबड़-खाबड़ थीं। उनकी देह की झुर्रियाँ, उनका ऊबड़-खाबड़ थीं। ऐसा ऊबड़-खाबड़ जो उनकी बूढ़ी हड्डियों में झूलता रहता था। उन्हें किसी भी ओर से देखो, वे लगते तिरासी के ही थे। कुछ लोग होते हैं जो अपनी उम्र से कम लगते हैं। पर ऐसे बहुत कम लोग होते हैं। ज़्यादातर लोग अपनी उम्र से ज़्यादा लगते हैं। जीवन इतना खटता रहता है–उम्र भर कि उम्र को दिखने में, आमतौर पर बढ़ा देता है। जिस वर्ग से वे थे, उसके लिए यही बात सही थी कि वे अपनी उम्र से अधिक लगें। पर वे न अधिक लगते थे न कम। लगते थे अपनी उम्र के ठीक बराबर। जैसे किसी ने तराजू में तौलकर, उनकी उम्र बराबर कर रखी हो–उनकी देह में। और इसमें कोई बुराई नहीं है। देह, उतनी ही लगनी चाहिए जितनी वह है। तब उसमें कोई धोखा नहीं रहता। धोखा उम्र कम लगने में है और ज़्यादा लगने में भी। पर कम लगने में वह धोखा, बड़ा धोखा है। यह आश्चर्य

है कि हम जीवन भर इसी प्रयत्न में रहते हैं कि लग सकें अपनी उम्र से कम। इस कोशिश में बार-बार हम हास्यास्पद लगते रहते हैं। झड़े हुए बालों के लिए विग। पके हुए बालों के लिए रंग। झुर्रीदार देह की त्वचा के लिए मसाज और किसिम-किसिम की क्रीमें। देह की बूढ़ी गन्ध के लिए ख़ुशबू। जाँघों के बीच की उत्तेजना के लिए कोई एलोपैथिक गोली या आयुर्वेद या यूनानी नुस्ख़े जो अन्तरंगता को ताक़तवर और कम उम्र बना दे। पर उन्होंने उम्र कम होने के ये सारे प्रयत्न नहीं किये। बस इतना किया कि जब बाल झड़ गये तो वे अपने सिर पर फ़्लेट कैप पहनने लगे। यह टोपी दिन भर उनके सिर पर चढ़ी रहती, उसे बस वे सोते समय उतारते, इस तरह वह उनके चेहरे का हिस्सा बन गयी और टोपी उतारने पर उन्हें पहचानना मुश्किल हो गया। वे टोपी उतारते तो अपना चेहरा खो देते थे। लगता सामने कोई दूसरा आदमी खड़ा है। उनकी पत्नी उन्हें पहचान लेती थीं। वे उनसे सिर्फ़ दो साल छोटी थीं और उनसे उनके ब्याह के तिरसठ साल हो चुके थे। वे अपने पति को उनकी साँसों की आवाज़ से ही पहचान लेती थीं।

उनकी पत्नी थीं तो इक्यासी की, पर लगती छियासी की थीं। उन्होंने पाँच बच्चे जने थे और अपनी उम्र एक-एक बरस, उन बच्चों के पास छोड़ आयी थीं, इसलिए वे अपनी उम्र से पाँच बरस अधिक लगने लगी थीं।

वे अपनी उम्र को पीछे पलटकर देखते हैं और उस पर मुग्ध रहते हैं, जबकि उन तिरासी बरसों के भीतर मुग्ध होने जैसा कुछ था नहीं जो उन्होंने किया हो। वे करोड़ों-करोड़ लोगों की तरह, सामान्य जीवन के भीतर रहे हैं। वे पैदा हुए। उनके पैदा होने से घर में पुत्र होने का गर्व पैदा हुआ। लाड़-प्यार में पले। उनकी बड़ी बहनें अपने भैया की चाकरी में खड़ी रहती थीं हमेशा। माँ उनके आगे-पीछे डोलती रहती थी। पिता की आँखें उनके आगे-पीछे मँडराती रहतीं–स्नेह और गर्व लिये। बहनों को लेकर पिता के भीतर यह भाव था कि वे पराया धन हैं तो उनका उन पर उतना ही लगाव और देख-रेख थी जो पराये धन के लिए किसी आदमी की हो सकती है। इसके बावजूद वे माँ के ज़्यादा क़रीब रहे। पिता से हमेशा डरते रहे, यह जानते हुए भी कि वे उनके लिए बहुत महत्त्वपूर्ण हैं। उन्होंने सिर्फ़ वही पढ़ा जो स्कूल और कॉलेज ने उन्हें पढ़ाया। इसके अलावा जीवन भर सुबह के अख़बार का झूठ पढ़ते रहे। पढ़े झूठ को सच समझते रहे और सच को खोजने की उन्होंने जीवन में कोई कोशिश नहीं की। उस पढ़े के बल पर और पिता के प्रभाव से उन्हें मास्टरी की नौकरी लग गयी। फिर उसमें लटके रहे, बासठ साल की उम्र तक। नौकरी लगते ही पिता की चुनी लड़की से उन्होंने शादी की और ठीक अपने पिता की तरह, चार

लड़कियाँ इसलिए पैदा कीं कि एक पुत्र पैदा कर सकें और लड़कियों को पराया-धन समझ सकें। वे इस देश के उन करोड़ों लोगों में एक हैं जो बेटे से अग्निदाह में, अपने लिए स्वर्ग खोजते हैं।

उनका भाग्य अच्छा था कि उनकी तीन लड़कियों के पति ठीक उनकी तरह ही थे। थे उनकी तरह ही : करोड़ों-करोड़ लोगों की तरह। उनके तीन दामाद, उसी लकीर पर चल रहे थे, जिस पर चलकर, वे इस उम्र तक आये थे और उन्हीं की तरह ही जीवन जीते, नौकरी करते, सेवानिवृत्त होने वाले थे और उन्हीं की तरह अगर तिरासी बरस तक जी पाये तो तिरासी बरस के बूढ़े दिखने वाले थे–ठीक उन्हीं की तरह। उन्हीं की तरह वे तीनों बुढ़ापे की अटपटी छवियाँ अपने-अपने जीवन में रचने वाले थे और अपने जीवन पर कभी शर्मिन्दा नहीं होने वाले थे।

उनके हिसाब से उनका चौथा दामाद सही आदमी नहीं था। वह क्या करता है–यह भी उन्हें समझ नहीं आता था। जिस इंजीनियरी की नौकरी को देख-समझ उन्होंने अपनी लड़की की शादी की थी, उसे वह कब का छोड़ चुका था–बेकार नौकरी है कहकर। अब वह किसी एनजीओ के लिए, आदिवासियों के बीच काम कर रहा था और कहते हैं उसे पैसे तो बहुत कम मिलते थे, पर वह ख़ुश था कि वह उसके मन का काम था–यह उनकी बेटी ने ही उन्हें बताया था। यह क्या बेवकूफ़ी थी कि अच्छी-ख़ासी नौकरी छोड़कर वह आदिवासियों के बीच रह रहा था? उसने उनकी बेटी को भी अपने जैसा ही बना लिया था कि बेटी को उससे कोई शिकायत नहीं थी। वह भी पति के साथ आदिवासियों के बीच जाने लगी थी। कोई ऐसे कैसे ख़ुश रह सकता है–वे बिल्कुल समझ नहीं पाते थे। उन दोनों के पुत्र-मोह से बाहर सिर्फ़ एक बेटी थी–उसे भी ज़रूर वे अपने जैसा बना लेंगे, वे सोचते थे। वे यह भी सोचते थे कि चौथे दामाद का वंश कैसे आगे बढ़ेगा कि बेटा तो उनके पास है नहीं...शुरू में उन्होंने दोनों को समझाने की कोशिश भी की और उनकी बेटी ने तो कुछ कहा भी नहीं–जैसे पिता से उसकी मौन सहमति हो, पर दामाद के उन तर्कों के आगे वे परास्त हो गये थे जो बेटी को महत्त्वपूर्ण सिद्ध कर रहे थे और बेटी के साथ भविष्य को सुखद बता रहे थे। वे दुखी हुए और निराश भी, क्योंकि दामाद के सारे तर्कों के बाद भी, वे बेटे के महत्त्व को अपने भीतर से रत्ती भर भी कम नहीं कर पाये थे...चौथा दामाद उन्हें बिल्कुल नापसन्द था। उन्होंने सुन रखा था कि वह नास्तिक है...आदिवासियों के साथ बैठकर शराब पीता है–महुआ, सलफ़ी लन्दा... और जाने क्या-क्या...? पीता है उनके साथ चुरुट-बीड़ी...मुर्गों की लड़ाई में शर्त

बदता है...और जाने क्या-क्या करता होगा, जिसे छुपाती होगी उनकी बेटी उनसे। किसी आदिवासी लड़की को रख लेगा अपने साथ, तब बेटी को पता चलेगा...उन्हें अपनी बेटी पर थोड़ी दया भी आती थी कि किस आदमी के साथ ब्याह हो गया है उसका...पर वे यह भी नहीं चाहते थे कि वह उस आदमी को छोड़कर वापस आ जाये और उनके सिर पर बैठ जाये...बेटियों को इस हद तक चाहना उनके भीतर नहीं था...चौथे दामाद के साथ, सबसे कठिन तो यह था कि वह क्या बोलता है, उन्हें कभी समझ में नहीं आता था...? वह उन्हें विचित्र और असामान्य आदमी लगता था। आदिवासियों के साथ रहकर वह उन जैसा ही हो गया था–उसने अपनी दाढ़ी बढ़ा ली थी और सिर के लम्बे बालों को तिरछे जुड़े की शक्ल में बाँधने लगा था। वह जब आता तो उन्हें उसे देखकर शर्म आती...यह ठीक था कि वह बहुत कम आता उनके पास...इतना कम कि उनकी बेटी से शादी के बत्तीस बरस गुज़र जाने के बावजूद, उसके आने को अँगुली पर गिना जा सकता था। इस तरह उन्हें, उसे ज़्यादा झेलना नहीं पड़ता था। वह मितभाषी और दो टूक बात करने वाला आदमी था और हमेशा उन्हें लगता कि इस आदमी से मेरी कभी पट नहीं सकती है। यह बात उसकी बात सुनते हुए, हमेशा उनके मन में उठती थी और उन्हें यह पता नहीं रहता था कि ठीक उनका वह दामाद भी उनसे बात करते हुए यही सोचता था और जितना बोल सकता था, उससे बहुत कम बोलता था। उसे लगता था बेकार है–वे उसे नहीं समझ पायेंगे। पर उन्हें उसकी एक बात ज़रूर अच्छी लगी थी कि अपनी शादी में, उसने दहेज की माँग बिल्कुल नहीं की थी और उसके लिए साफ़-साफ़ मना कर दिया था, इस तरह उनका बहुत-सा पैसा और घर का सोना बच गया था, जिसे उन्होंने अपने बेटे की शादी में इस्तेमाल किया था और इस तरह चौथी बेटी को एक सोने की चेन में बिदा कर अपनी बहू को गहनों से लाद पाये थे। उन्होंने उस समय अपने चौथे दामाद के लिए सोचा था कि बेवकूफ़ है साला, माँगता तो मैं मजबूरी में देता ही। उनका चौथा दामाद, करोड़ों-करोड़ लोगों में से एक नहीं था। करोड़ों-करोड़ लोगों को वे लोग हमेशा बेवकूफ़ लगते हैं जो करोड़ों-करोड़ में से एक नहीं होते हैं।

वे देश के करोड़ों-करोड़ लोगों के जैसे एक हैं और उनके पास करोड़ों-करोड़ लोगों के बीच गुम हो चुकी पहचान है। पर वे इस अपहचान पर ही मुग्ध हैं। मुग्ध हैं अपने तिरासी बरसों पर। वह भी ऐसे समय में, जिसमें बच्चों के पास से 'तिरासी' का अर्थ गुम हो चुका है। और बच्चे 'तिरासी' को 'एटीथ्री' कहने पर ही समझ पा रहे हैं। वे ज़िद्दी आदमी हैं। कोई बच्चा अगर कहता कि तिरासी माने क्या? तो वे

कहते हैं कि तिरासी माने तिरासी। आमतौर पर बच्चों को उनकी 'उम्र' की परवाह नहीं रहती है। वे बूढ़े थे और किसी भी ओर से देखो वे बूढ़े ही लगते थे। बच्चों के लिए इतना पर्याप्त था कि उनके सामने एक बूढ़ा आदमी है जो अपनी उम्र तिरासी बता रहा है, जिसका अर्थ उन्हें नहीं मालूम है और बच्चे यह भी समझते थे कि उस बूढ़े को यह नहीं पता है कि तिरासी को अंग्रेजी में क्या कहते हैं?

जिस कालोनी में वे अभी रह रहे हैं, वहाँ बच्चे कम हैं। बूढ़े हैं ज़्यादा। यह छोटी-सी पुरानी कालोनी है, जिसके भीतर मुश्किल से तीस घर होंगे जो बार-बार मरम्मत के बाद भी अपने पुरानेपन को छिपा नहीं पा रहे थे। यह समझ लें कि बूढ़े-मकानों के भीतर, बूढ़े यहाँ रहते हैं। उन्हें यहाँ अपना शहर छोड़, बुढ़ापे के कारण मजबूरी में बसना पड़ा है। अपना शहर, अपना मकान होते हुए भी, दूसरे शहर और किराये के मकान में उन्हें रहना पड़ रहा है। यहाँ रहना मजबूरी है। देह जब खोने लगती है तो सहारा ढूँढ़ने लगती है। सहारा लाठी होता है। जिसे वे लाठी समझ जीवन भर सहेजते रहे थे : उनका बेटा, वह ऐसी लाठी निकला जो छूते ही टूट गयी। राख से बनी ऐसी लाठी जो शीशम की तरह दिखती रही उन्हें जीवन भर, पर जब सहारे की ज़रूरत पड़ी तो राख-सी भरभरा कर गिर गयी उनके सामने। वे बहुत दुखी हुए। वे क्या करते? शीशम की दूसरी लाठी ढूँढ़ने लगे। शीशम की दूसरी लाठी उनकी बेटियों के पास मिली। मिली वहाँ–जिन्हें उन्होंने जीवन भर कभी राख से बनी शीशम-सी दिखती, नकली लाठी भी नहीं समझा था। बेटियाँ वह जगह थीं जो उनके दिमाग़ में, सबसे आख़िरी में उपजी या यह कह लें कि मजबूरी में उपजी। उन्हें उस शहर में रहना पड़ा, जहाँ उनकी दो बेटियाँ रहती थीं। तो जहाँ वे रह रहे थे, वह उनकी मजबूरी का शहर था।

सबसे पहले तो उन्होंने एक बार और यह कोशिश की थी कि वे चार बेटियों और असंख्य मन्नतों के बाद पैदा हुए बेटे के साथ रह सकें। बेटा एक मल्टीनेशनल कम्पनी के बड़े पद पर था। बहू दूसरी मल्टीनेशनल कम्पनी में अधिकारी थी। दोनों अपने काम में बहुत व्यस्त रहते थे। पर कभी किसी रात्रि में, एक-दूसरे से प्रेम के लिए समय निकाल लेते थे। सबसे पहली बार, इस प्रेम के समय के परिणाम को सहेजने वे बेटे के पास रहने गये थे–अपनी पत्नी के साथ। सच यह है कि पत्नी ही गयीं। वे उनके पीछे-पीछे गये। तब वे तिरासी के नहीं थे और न पत्नी इक्यासी की थीं।

तब वे दो महीने पहले ही रिटायर हुए थे। करने को कुछ था नहीं। बरसों से काम की जो जगह उनके पास थी–उसे वे खो चुके थे। वे दो महीनों से, हर सुबह पैंट-क़मीज़ और कोट पहन तैयार होते, नाश्ता करते। पत्नी मुस्कुराते हुए उन्हें उनका टिफ़िन पकड़ाती। वे पत्नी को कहते कि चलो आता हूँ...और फिर घर की देहरी लाँघते। लाँघते ही उन्हें पता चल जाता कि वे रिटायर हो गये हैं। पर वे अपने घर के भीतर नहीं लौटते। वे टिफ़िन कन्धे पर लटकाये इधर-उधर भटकते रहते, जब तक कि लंच का समय नहीं हो जाता। ठीक लंच के समय किसी भी जगह पर उन्हें खाते देखा जा सकता था। कभी किसी बन्द दुकान के पटरे के सामने। कभी किसी गार्डन में। कभी सड़क के किनारे खड़े-खड़े ही। स्कूल के लंच की घण्टी, अब भी उनके दिमाग़ में बजती थी। और जैसे ही वह बजती, जहाँ वे रहते, वहीं टिफ़िन खोलकर खाने लगते थे। वे घर स्कूल के समय पर ही लौटते थे। वे रिटायर होने के बाद भी, अपनी हेड मास्टरी में अटके रह गये थे। उनकी पत्नी को यह थोड़ा अजीब तो लगता था, पर वे उनकी ख़ुशी के लिए इस अजीबपन को नज़र अन्दाज़ कर जाती थीं। दूसरा सच यह था कि बूढ़ा आदमी छुट्टी के दिन टिफ़िन लेकर निकलता नहीं था और बूढ़े की पत्नी को वह दिन भारी पड़ जाता था। बूढ़े का दिन-भर 'यह-वह' चलता रहता था और पत्नी को साँस लेना मुश्किल हो जाता था। बूढ़ा लगभग चालीस साल से, छुट्टी के दिन ही घर पर पूरे दिन रह रहा था। पर रिटायर होने के बाद, चूँकि स्कूल उसके पास, सिर्फ़ उसके भ्रम में बचा था तो वह घर पर ज़्यादा ध्यान देने लगा था और घर की एक-एक चीज़ में खिट-खिट करने लगा था। यह सीधे-सीधे पत्नी के अधिकार-क्षेत्र में बूढ़े की घुसपैठ थी जो उनकी पत्नी को बिल्कुल अच्छा नहीं लगता था। पर बूढ़े की पत्नी यह कभी नहीं सोचती थीं कि वह मर जाये तो खिट-खिट से मुक्ति हो जायेगी। वह बस खिट-खिट से बचना चाहती थीं। इसलिए रिटायर्ड होने के बाद भी रोज़ उसे टिफ़िन पकड़ा देती थी।

बेटे के पास जाने से पहले, पत्नी ने उनसे कहा, "देखो वहाँ टिफ़िन लेकर निकल नहीं जाना...बेटा तो शायद समझ जाये, पर बहू पता नहीं क्या सोचे?"

"क्या बात कर रही हो...मेरा स्कूल यहाँ है वहाँ नहीं...वहाँ क्यों निकलूँगा? अजीब बात करती हो तुम भी...ऐसा करो तुम अकेली ही चली जाओ...वैसे भी मैं कितने दिन छुट्टी ले पाऊँगा।" उन्होंने चिढ़कर कहा था।

पत्नी ने मन में सोचा कि देखो रिटायर बूढ़े को छुट्टी की चिन्ता है। पत्नी ने मन में यह भी सोचा कि बूढ़ा छुट्टी का एप्लीकेशन किसे देगा। गार्डन के किसी पेड़ को या गार्डन के पास के चौराहे में खड़ी गांधी जी की मूर्ति को या बन्द दुकान

के किसी शटर को या रास्ते में मिले किसी भी आदमी को जो शायद बूढ़े को पागल समझ, मुस्कुराते हुए छुट्टी के एप्लीकेशन को रख लेगा। यह कल्पना बूढ़े की पत्नी इसलिए कर पायी थीं, क्योंकि एक दिन वह बूढ़े के टिफ़िन लेकर निकलते ही, उसका पीछा कर चुकी थी कि वह जाता कहाँ है? भटकता कहाँ है रोज़? कि कभी बूढ़ा न लौटे तो वह उसे खोज सके। जाने की जगहें मालूम हों तो खोजना आसान रहता है। पत्नी ने बूढ़े को मुस्कुराते हुए सिर्फ़ इतना कहा, "चलो चुपचाप..."

इस तरह वे दोनों पति-पत्नी, अपने बेटे-बहू के पास पहुँच गये—उनके बच्चे की प्रतीक्षा में शामिल होने। होने और उसे सम्हालने-पालने। दोनों बूढ़े पति-पत्नी के मन में पोता बसा हुआ था। पोती मन से ग़ायब थी। उन्हें हवाई जहाज़ से यात्रा करने में डर लगता था। बेटे के यह कहने के बावजूद कि हवाई जहाज़ से दो घण्टे में पहुँचा जा सकता है, उन्होंने ट्रेन को चुना और लगभग छब्बीस घण्टे की यात्रा कर, बेटे-बहू तक पहुँचे। उन दोनों पति-पत्नी को, यह अभी पता नहीं था कि उनके बेटे-बहू का जब दूसरा बच्चा पैदा होगा, तब बेटा उनका—अपनी पत्नी के साथ वाशिंगटन में रह रहा होगा और तब भी उन्हें जाना पड़ेगा—बच्चे की साज-सम्हाल के लिए और हवाई जहाज़ में तब बैठना ही पड़ेगा। चाहे बैठें अपने भय को लेकर या पृथ्वी पर ही भय को पूरी तरह निचोड़कर बैठे—हवा में यात्रा करने, बैठना तो होगा ही और वह यात्रा दो घण्टों से बहुत ज़्यादा घण्टों की यात्रा होगी।

इस देश में आईटी की बड़ी-छोटी सभी नौकरियाँ, दक्षिण के बड़े शहरों में टिकी हुई थीं। वह दक्षिण का एक बड़ा शहर था—जहाँ उनका बेटा रहता था और बहू इसलिए नहीं रहती थी कि उनका बेटा वहाँ रहता था, बहू इसलिए रहती थी कि वहाँ उसकी नौकरी रहती थी। बहू को साफ़ पता था कि वे उससे मिलने नहीं बल्कि अपने बेटे और होने वाले पोते से मिलने आये हैं। बहू नहीं चाहती थी कि वे आयें। वह चाहती थी कि उसके माँ-बाप आयें। बच्चा वह पैदा करने वाली थी, इनका लड़का नहीं। ज़ाहिर है, उनकी बहू को लग रहा था कि ऐसे समय उसके माँ-बाप ज़्यादा प्रेम और सावधानी से उसकी देखभाल करेंगे। वह अपने सास-ससुर पर भरोसा नहीं कर पा रही थी। इस बात को लेकर वह अपने पति से लड़ती रही और पति उससे लड़ता रहा। आख़िर तय यह हुआ कि बच्चा पैदा होने के कुछ माह पहले पति के माँ-बाप आ जायें। बच्चा होने की तारीख़ के आसपास पत्नी के माँ-बाप आ जायें।

इस समझौते के पीछे उनकी बहू को, उसकी माँ से मिली यह सलाह थी कि उन्हें ही आने दे बेटा...एक तो तेरे पिता की कमर अकड़ी रहती है तो वे किसी काम

के नहीं हैं...और मेरे घुटने आवाज़ करते हैं, इसलिए मैं भी ज़्यादा इधर-उधर नहीं हो सकती हूँ...हम दोनों बच्चे की पैदाइश के एक हफ़्ते पहले आ जायेंगे...आने दे उन्हें और रहने दे...वे तेरी अच्छी ही सेवा करेंगे...उन्हें पता है कि तू उनके पोते को जनने वाली है...

इस तरह वे, अपनी चौसठ बरस की उम्र में, पहली बार अपने बहू-बेटे के पास, लम्बे समय के लिए रहने पहुँचे। वे ख़ुश थे। उनकी पत्नी उनसे भी ज़्यादा ख़ुश थीं। उनकी बहू दिखने में ठीक-ठाक थी। थी तो साँवली, पर नाक-नक़्श ठीक थे। उसके सौन्दर्य का धोखा ऐसा था कि उसके ऊपरी ओठों पर मूँछ उभर आती थी और यह बात उन लोगों को शादी के बाद पता चली थी। हल्की हरी लकीर तो हर स्त्री के पास रहती है। उनकी बहू के पास, वह हल्की हरी से बहुत ज़्यादा रहती थी। उस समय वे दुखी हुए। उनकी पत्नी दुखी हुई। सबसे ज़्यादा दुखी उनका लड़का हुआ। पर उनकी बहू बहुत बड़ी कम्पनी में इंजीनियर थी : सालाना लाखों का पैकेज था। उन तीनों को यही अच्छा लगा कि इस दुख को भीतर ही दबा लें। उनका लड़का मूँछ के बारे में पत्नी से कुछ कह सकता था, पर उसने कभी कुछ नहीं कहा। वह बातों में इतनी चालाक और तार्किक थी कि शादी के पहले ही दिन से लड़के पर भारी थी। वह मुँह खोल, उसे सुनता रहता और हमेशा यह भूल जाता था कि वह भी एक इंजीनियर है और लाखों कमाता है। इतने बरसों में उनके लड़के को धीरे-धीरे अपनी पत्नी की मूँछ की आदत पड़ गयी है। अब वह उसे दिखती नहीं थी। पर जब वे पहुँचे तो उनकी बहू थोड़ी मोटी दिखी और दिखी ख़ुश। उसके ऊपरी ओठों पर हरी-गहरी लकीर तक नहीं दिखी–यह देख उन्हें अच्छा लगा कि वे बहू की मूँछ देख जो अटपटापन उनके भीतर पनपता था–वे उससे बच गये हैं। बहू ने झुककर पैर पड़े। उसका पेट इतना बढ़ गया था कि वह पूरी तरह झुक नहीं पायी थी और उन्होंने उसे बस-बस कह रोका था। आधी झुकी-सी उसने उनकी पत्नी की ओर भी हाथ बढ़ाया था–पैर छूने। उनकी पत्नी ने बहू के कन्धे पकड़ उसे अपने गले लगा लिया था।

बहू के बच्चा पैदा होने तक या यह कह लें कि बहू के माँ-बाप के आने तक उनके दिन तो बढ़िया गुज़रे। बेटे के पास उनके होने का एहसास उसके व्यवहार में दिखता रहा। वह बहुत कुछ अपनी कहता और बहुत कुछ उनकी सुनता रहा। बहू भी, उनकी पत्नी से बहुत कुछ अपनी कहती रही और बहुत कुछ उनकी सुनती रही। बेटा उनकी हिदायतें सुनता रहा और बहू उनकी पत्नी की प्रसव को सहेजने

की एक-एक सलाह मानती रही। बहू, सास का बनाया वह सब खाती-पीती रही जो स्वाद में उसे ज़्यादा पसन्द न भी हो, पर सास के कहे अनुसार बच्चे के लिए ज़रूरी हो। अब वे और उनकी पत्नी यह सोचने लगे थे कि कहाँ अब वहाँ अकेले पड़े रहेंगे? रह लेंगे अब यहीं बेटे और पोते के पास। पोते को बड़ा होते देखने के एक बड़े सुख के पास–वे रहना चाह रहे थे और सब कुछ इतना आसान लग रहा था कि रहना भी बहुत आसान लग रहा था।

बच्चा सम्भावित तारीख़ के पहले पैदा हो गया कि जैसे वह बस अपने नाना-नानी के आने की प्रतीक्षा कर रहा हो–अपनी माँ की कोख से। वे पहुँचे और वह पैदा हुआ। ख़ूबसूरत : अपनी माँ के ख़ून और नार से लिपटा-लिथड़ा लाल-सुनहरा फूल। सबसे अच्छी बात उन्हें यह लगी कि बच्चा 'मेल' था और अब उनके लड़के को पुत्र प्राप्ति लड़के के लिए, एक के बाद एक, चार लड़कियाँ पैदा नहीं करनी पड़ेगी। इन्तज़ार नहीं करना पड़ेगा बरसों तक। पुत्र के लिए उनके लड़के को बरसों तक बेचैन नहीं रहना पड़ेगा।

बच्चा रोया पृथ्वी पर पहली बार। बच्चे के दादा-दादी, नाना-नानी मुस्कुराये–एक-दूसरे की ओर देखते हुए। एक-दूसरे की ओर देखते हुए बच्चे के माँ-बाप भी मुस्कुराये। बाप की मुस्कान निर्दोष थी। माँ की मुस्कान में जनन की पीड़ा भी शामिल थी। दरअसल यह उनकी और उनकी पत्नी की अपने बेटे-बहू के घर में अन्तिम मुस्कुराहट थी, जिसे मुस्कुराते हुए वे जान नहीं पाये थे कि यह अन्तिम है।

जहाँ रहना–जो उन्हें आसान लग रहा था, धीरे-धीरे कठिन होता गया। फिर इतना कठिन हुआ कि असम्भव हो गया। सब-कुछ धीरे-धीरे शुरू हुआ और फैलता गया। ठीक वैसे ही, जैसे बेवजह बहता पानी फैलता है। बेवजह का यह पानी फैला इतना कि बेटे-बहू के पास रहने की जगह सिकुड़ते-सिकुड़ते ख़त्म ही हो गयी। उनके घर में, वे और उनकी पत्नी, जहाँ पैर रखते 'छप' की आवाज़ आने लगी।

बहू, अब अपनी सास की नहीं सुन रही थी–सुन रही थी बस अपनी माँ की। बेटा अपने बाप कि नहीं सुन रहा था–सुन रहा था बस अपने ससुर की। कई बार वे सोचने लगते कि वे अपने बेटे के बाप हैं कि वह कमर-झुका बेढंगा आदमी उसका बाप है कि जिसने उसे पैदा नहीं किया है, किया है पैदा उसकी पत्नी को बस।

पहली हद पार तब हुई, जब बहू उनके बाथरूम से निकलते ही बाथरूम में घुसी और टूथपेस्ट उठाकर बाहर आयी और यह कहा कि आपको पेस्ट निकालना भी नहीं आता...आप उसे बीच से दबाते हैं...पेस्ट हमेशा नीचे से दबाया करें... आपके ऐसा दबाने से पेस्ट ऐसा लगता है कि जैसे बेसिन में कोई मरा हुआ जानवर

पड़ा है...उन्होंने पेस्ट को ध्यान से देखा था कि जैसे किसी मरे हुए जानवर को देख रहे हों।

दूसरी हद पार तब हुई, जब बहू ने पोते को सम्हालती-खिलाती उनकी पत्नी से यह कहा कि आप ठीक से पकड़ें उसे...लग रहा है गिरा देंगी...उनकी पत्नी ने पाँच बच्चे जने थे...चार लड़कियाँ और एक लड़का और वह ऐसी स्त्री को बच्चा पकड़ना सिखा रही थीं। उन्होंने पत्नी की ओर देखा था—वह रुआँसी कभी बहू की ओर देख रही थीं और कभी अपनी गोद में खेलते अपने पोते की ओर। वे समझ गये थे। पत्नी यह बिल्कुल समझ नहीं पायी थी कि बहू ने यह क्यों कहा है?

तीसरी हद तब पार हुई, जब एक दिन वे नहाकर बाहर आये और पता नहीं किस धुन में या अपनी पत्नी से कुछ माँगने ड्रॉइंग रूम में आ गये—बस पट्टेदार चड्ढी पहनकर। बहू ने देखा तो कहा कि आप घर में नंगे क्यों घूम रहे हैं? वे अपने घर में, जीवन भर घर के भीतर खुला बदन, बस पट्टेदार चड्ढी पहनकर घूमते रहे थे जो उतनी ही लम्बी थी, जितनी वह चड्ढी होती है, जिसे लोग बरमूडा कहते हैं और जिसे पहन लोग पूरी दुनिया में घूमते हैं। यहाँ रहते हुए तो फिर भी उन्होंने अपनी पसन्दीदा पहनावे से परहेज़ ही किया था और बेटे के घर में बाक़ायदा पैंट-बुशर्ट में रहते थे—फ़्लैट कैप पहनकर। इस तरह पहली बार उन्हें, अपने बेटे के घर में आकर यह पता चला कि वे जीवन भर, अब तक अपने घर में नंगे घूमते रहे हैं, जिसे उनका बेटा भी देखता रहा है। देखते रहे हैं उनके भाई-बहन, माँ-बाप, बेटी-दामाद...और उनका नंगापन किसी की आँख में कभी गड़ा नहीं है। उन्होंने बहुत अजीब आँखों से बहू की ओर देखा और भीतर अपने कमरे में चले गये। फिर वे बाहर आये तो पूरा सूट पहनकर बाहर आये। यह वह सूट था जो हेडमास्टरी की नौकरी में वे जब-तब पहन लेते थे, जब स्कूल में कोई बड़ा आयोजन होता। बहू ने जब उन्हें सूट में देखा तो कहा कुछ नहीं, बस मन ही मन मुस्कुरायी थी। बेटे ने पूछा कि आप कहीं जाने वाले हैं? उन्होंने कहा कि सूट पहनने का मन था। बेटे से बहू की शिकायत करना ऐसा ही था, जैसे कुएँ में कंकड़ फेंक, उसकी आवाज़ सुनने की कोशिश करना।

इस तरह रोज़ हदें पार होती गयीं और हदों के पार होने का एक सिलसिला ही बन गया और उन्होंने और उनकी पत्नी ने यह पाया कि बेटे के घर में उनकी स्थिति नौकरों से भी गयी-बीती होती जा रही है। बहू बात-बात में चिड़चिड़ कर रही थी। वह नौकरी जाती तो ही चैन मिलता, पर वह घर से काम कर रही थी—ऑन लाइन और उनके लिए नरक रच रही थी।

वे और उनकी पत्नी अपने बेटे के घर में, तीन महीने तेईस दिन रहे और लौट आये–अपने गृह नगर। वहाँ वे अकेले रहते रहे। पत्नी उन्हें सम्हालती थीं। वे कभी-कभी पत्नी की चिन्ता कर लेते थे। जीवन एक-दूसरे के साथ, चलता और घटता रहा। इसी बीच उनकी बहू की पोस्टिंग वाशिंगटन में हो गयी। बहू पेट से थी और यह मानती थी कि बिल्कुल सही समय उसकी पोस्टिंग विदेश में हुई है और अब वह एक अमेरिकन नागरिक को जन्म दे सकती है। इस तरह उन्हें और उनकी पत्नी को न चाहते हुए भी बेटे के आग्रह पर एक बार फिर बहू के पास जाना पड़ा...

इस बार जब वे दोनों लौटे तो उन्होंने क़सम खाई कि अब वे बेटे और बहू के पास कभी नहीं जायेंगे। पर यह एक ऐसी क़सम थी जो तभी तक टिकी रह सकती थी, जब तक कि उनका बेटा उन्हें न बुलाये। बुलायेगा तो वे जायेंगे यह सिर्फ़ वह नहीं जानते थे, बाक़ी सारी दुनिया जानती थी। यही वह बेटा था, जिसके आगे-पीछे वे जीवन भर डोलते रहे थे। अपनी लड़कियों को सरकारी स्कूलों में, हिन्दी माध्यम और ऐसी शिक्षा में डाला कि कम से कम ख़र्च में बेटियाँ पढ़ लें–उनका पढ़ा-लिखा पराये घर ही तो जाना था। बेटे को निजी स्कूल में और ऊँची ख़र्चीली शिक्षा दी कि बेटे को उनके पास ही रहना था–उनकी लाठी बनकर। बेटे को लेकर उन्होंने इतना सोचा कि चारों बेटियों को सोचना भूल गये।

करोड़ों-करोड़ लोगों के साथ यही होता है...और बस यही होता रहता है...उनका बुढ़ापा अपनी खो चुकी 'चुनी हुई' लाठी खोजता रहता है...वे भी खोज रहे हैं, जबकि अब वे इस शहर में रह रहे हैं, जहाँ उनकी दो बेटियाँ रहती हैं–सबसे बड़ी और उससे छोटी। यह शहर उन्होंने इसी लिए चुना है। यह भी कह सकते हैं कि उनकी बेटियों ने उनके लिए चुना है। वह भी इसलिए कि उन्हें अपने पिता और माँ की चिन्ता होने लगी जब उन्हें पहला हार्टअटैक आया और उनका भाई उनके पास पहुँच ही नहीं पाया, क्योंकि उसे उन्हीं दिनों अपने ससुर की आँख के ऑपरेशन के लिए, अपनी बीबी के साथ जाना पड़ा था।

बड़ी बेटी पहुँची तुरन्त और यहाँ अपने शहर उन्हें ले आयी–इलाज के लिए। फिर कुल मिलाकर यही तय हुआ कि वे और उनकी पत्नी एक अलग मकान लेकर, इसी शहर में रहेंगे। बेटियों के इतने पास कि उन्हें आवाज़ दें तो वे दौड़ते आ जायें। बेटियाँ बिना आवाज़ दिये भी आती-जाती रहीं। वे अपने माँ-बाप को

बहुत प्रेम करती थीं। इस तरह बेटियाँ उनका जीवन अपने पति के साथ आसान बनाती रहीं।

वे बेटियों के पास आकर ख़ुश तो थे, पर करोड़ों-करोड़ की तरह एक होने के कारण, वे कभी यह नहीं सोच पाये कि उनकी बेटियों के घर में, पड़ोस में और दिल में, अपने माँ-बाप की जगह तो है, उनके पतियों के माँ-बाप की जगह क्यों नहीं है? असल में दिखता वहीं तक है, जहाँ तक दिमाग़ देखता है...

उन्हें बहुत-कुछ नहीं दिख रहा है। उनकी पत्नी भी उतना ही देख पाती हैं, जितना वे देख पाते हैं। तो वे दोनों बेटे के साथ रहने का स्वप्न अब भी देखते हैं, जिसमें वे अपनी बहू को अपनी बेटियों जैसा व्यवहार करते पाते हैं और ख़ुश रहते हैं बेटे के पास। पर बेटे ने अपने साथ रहने का प्रस्ताव कभी रखा ही नहीं कि वे एक बार और उसके साथ रहने की कोशिश कर सकें। बेटा कभी मिलने आता है–उनके पोते-पोती को लेकर, साल में एकाध बार, एक-दो दिन के लिए यहाँ–उनके पास तो वे उस वाक्य की प्रतीक्षा करते हैं, जिसमें बेटा यह कह सकता है कि चलिए...यहाँ क्यों पड़े हैं बेटियों के बीच...हमारे पास रहिए...पर बेटे के मुँह से इस वाक्य को कभी पैदा नहीं होना था और यह वाक्य कभी पैदा नहीं हुआ है।

वे पचहत्तर के थे तो इस कॉलोनी में रहने आये थे–अपना शहर छोड़कर, जिसमें उन्होंने जन्म लिया था, नौकरी की थी, प्रेम किया था और पसन्द-नापसन्द की कँपकँपाती मन की लहरों के बीच भी–उन लहरों को सहेजते, अपने बाबू जी और माँ के पास बने रहे थे–उनके मरने तक। वे भी अपने बेटे के पास रहकर मरना चाहते थे, पर न रह पा रहे थे और न मर पा रहे थे। मरते समय बेटे या पोते के हाथों गंगा जल पीने से मुक्ति मिलती है, ऐसा वे मानते थे। अब वे यह भी जानते थे कि यह तभी सम्भव है कि जब उनका लड़का धोखे से कभी उनसे मिलने यहाँ आये और उसके हाथों गंगा जल पीकर वे आत्महत्या कर लें। इसमें मुश्किल यह थी कि आत्महत्या का पाप था तो गंगा जल के बावजूद स्वर्ग मुश्किल था।

अपनी उम्र के तिरासी बरस पूरे करने के छह माह पाँच दिन बाद ही उन्हें बेटे-बहू के साथ रहने का मौक़ा मिला। हुआ यह की अपनी उम्र के तिरासी बरस, छह माह और पाँचवे दिन की रात को जो वे सोये तो पूरी रात पार नहीं कर पाये। शायद रात के एक बजे होंगे या उससे कुछ मिनट ज़्यादा, जब उनकी पत्नी पेशाब के लिए उठीं तो लौटने पर उन्हें वे ध्यान से देखने लगीं। यह उनकी आदत में शुमार था कि

पति उनसे बड़े थे और वे उनकी चिन्ता करती थीं। अपने पति को आधी रात देखना कि वे आराम की नींद में हैं या नहीं–उनकी इसी चिन्ता का एक हिस्सा था। उनकी पत्नी ने पाया कि कुछ तो गड़बड़ है। उन्होंने उन्हें झकझोरा। वहाँ उनके पास जीवन का कोई स्पन्दन उन्हें नहीं मिला। वे घबड़ा गयीं। वे समझ गयीं कि उन्होंने दुनिया छोड़ दी है। वे रोने लगीं और देर तक रोती रहीं।

सबसे पहले रात में ही, अपनी बड़ी बेटी को फ़ोन लगाया और फ़ोन में वे रोयीं ज़्यादा और कह कम पायीं। जो भी कह पायीं, कह पायीं बड़ी मुश्किल से। तो बड़ी बेटी ने उनसे कहा कि तुम अब किसी को फ़ोन मत करना–मैं सबको ख़बर कर दूँगी।

इस तरह यह बात कि वे मर गये हैं–यह सबसे पहले उनकी पत्नी को पता चली। फिर पता चली उनकी सबसे बड़ी बेटी को, फिर उससे छोटी बेटी को...फिर सबको यह पता चलता गया कि उन्होंने दुनिया छोड़ दी है...सुबह तक सबको पता चल गया...पर वे मरे हैं, पर इस दुनिया को नहीं छोड़ पाये हैं...यह किसी को पता नहीं चला...यह बात बाद में सिर्फ़ उनकी पत्नी को पता चली...

वे जैसे ही मरे, उन्होंने अपने को तुरन्त, अपने बेटे के शहर में पाया। पाया अपने को ठीक बेटे के अपार्टमेंट के दरवाज़े पर। रात थी। वे मरे ही आधी रात को थे। उन्होंने घण्टी बजाने के लिए घण्टी के बटन को दबाया तो उनकी अँगुली, घण्टी को पार करते भीतर चली गयी–दीवार के अन्दर। उन्हें कुछ क्षण लगे और वे समझ गये कि अब कोई भी ठोस वस्तु–अपने को पार करने से, उन्हें रोक नहीं सकती है। वे दरवाज़े से भीतर चले गये। दरवाज़ा रोक नहीं पाया उनकी देह को, जैसे उनकी देह अब एक्सरे-देह हो। वे मुस्कुराये, वाह बढ़िया है! उन्होंने अपने हाथों से अपनी देह को टटोला। उन्हें अपनी झुर्रियाँ महसूस हुईं जो उन्हीं की हड्डियों में झूलती उनकी त्वचा में थीं। उन्होंने पाया कि अपनी देह को वे स्पर्श कर सकते हैं। उनके हाथ, उनकी देह के पार नहीं गये। इसी समय उन्हें लगा कि वे सिर्फ़ धारीदार चड्डी में हैं और बाक़ी पूरी देह नग्न है। देह में चड्डी के अलावा सिर्फ़ जनेऊ भर है। पैरों में चप्पल तक नहीं है। जैसे वे सोये थे, ठीक वैसे ही–यहाँ बेटे के अपार्टमेंट में उपस्थित थे। ग़नीमत है कि उन्हें नंगा सोने की आदत नहीं थी–नहीं तो और बुरी स्थिति होती। ग़नीमत है कि उनकी धारीदार चड्डी, हमेशा इतनी लम्बी रहती थी कि उनके घुटनों को छूती थी। अगर उन्हें जाँघिया पहनने की आदत होती तो स्थिति नंगे से कम भद्दी होती, पर भद्दी तो होती। उन्होंने सोचा कि वे अगर लोगों को दिख रहे होंगे तो बेटे के कपड़े पहन लेंगे और नहीं दिख रहे होंगे तो यह धारीदार

चड्डी ही पहने रहेंगे और जनेऊ को ही अपना ऊपरी वस्त्र मान सन्तोष कर लेंगे। वे महसूस कर रहे थे कि उनकी देह एक आरामदायक हवा-सी है जो न ज़्यादा गरम है और न ठण्डी, न तेज़ है, न धीमी–बस सुकून से भरी हुई है। बस उस सुकून में थोड़ी-सी बेचैनी थी और वे यह समझ नहीं पा रहे थे कि यह बेचैनी किस बात की है और क्यों है?

वे बेटे के कमरे में सीधे नहीं गये। वे जानते थे कि यह उसका कमरा है, पर उन्होंने उसके कमरे के दरवाज़े को पार नहीं किया। वे दूसरे कमरों में गये–बच्चों के कमरों में। दो अलग-अलग कमरों में, दो अलग-अलग पलंगों पर वहाँ दो बच्चे थे। एक कमरे में उनका पोता और दूसरे कमरे में उनकी पोती। बच्चे गहरी नींद में थे। वे बच्चों की नींद को देख मुस्कुराये। सोते हुए दोनों बच्चे गर्भस्थ मुद्रा में थे। वे मुस्कुराते हुए बाहर आ गये–दरवाज़े के पार। फिर उन्होंने अपने टिकने की जगह खोजने की कोशिश में लग गये। कमरा कोई ख़ाली नहीं था। वहाँ उनके लिए कभी कोई कमरा था ही नहीं। उन्हें स्टोर रूम में जगह मिली, जहाँ घर का अनुपयोगी सामान पड़ा था–रद्दी में बेचे जाने की प्रतीक्षा में। सामानों के धूल-भरी गन्ध के बीच, उन्हें अपनी जगह बनानी थी। सामानों को वे इधर-उधर कर, अपने लिए जगह बना भी नहीं सकते थे कि अपने अलावा किसी और मनुष्य या वस्तु के लिए उनके पास अब स्पर्श बचा ही नहीं था। पर उन्होंने पाया कि सामानों के होते हुए भी कमरा उनके लिए पूरी तरह ख़ाली-सा ही है। वे एक हत्था-टूटी कुर्सी पर बैठे तो पाया कि कुर्सी उन्हें रोक नहीं पायी है–वे फ़र्श पर गिर गये हैं। वे सामानों को पार कर सकते थे, जैसे सिनेमा के प्रोजेक्टर से आते दृश्य को हथेली पार करती है। वाह, वे फिर ख़ुश हुए। वे उठे और उन्होंने उस कुर्सी को देखते हुए सोचा, जिससे वे अभी-अभी गिरे थे कि ऐसी स्थिति में, अगर मैं इस कुर्सी पर बैठना चाहूँ तो कभी नहीं बैठ पाऊँगा। वे थोड़ा चिन्तित हुए अपने आराम को लेकर और बहुत देर तक उस कुर्सी को देखते रहे, फिर उन्होंने अपने से कहा मन ही मन अचानक कि मुझे इस कुर्सी पर बैठना है और फिर जब वे कुर्सी पर बैठे तो उनकी देह ने उन्हें कुर्सी पर बैठने दिया। आश्चर्य था, पर अब तक वे समझ गये थे कि उन्हें अब आश्चर्यों के साथ ही रहना है। वे समझ गये थे कि किसी वस्तु से स्पर्श के लिए, उन्हें अपनी ही देह को कहना पड़ेगा और उनकी देह उनका कहा मान लेती है तो वह अपने भीतर स्पर्श जगा सकती है। इस तरह वे समझ गये कि अपनी देह से कह, वे स्पर्श को उत्पन्न कर सकते हैं और समाप्त भी कर सकते है। इस तरह यह स्टोर रूम सामानों से भरे

होने के बावजूद उनके लिए ख़ाली रह सकता है और जिस सामान को वे चाहें–उसे इस कुर्सी की तरह उपयोग कर, अपने लिए कमरे में उसकी उपस्थिति बना सकते हैं और जिस सामान को न चाहें, उसकी उपस्थिति को हवा कर सकते हैं। अपने भीतर उत्पन्न इस जादू से वे बहुत ख़ुश हुए। ख़ुशी इतनी हुई कि उन्हें लगा कि वे उड़ें और उनकी देह ने उन्हें सुन लिया और वे उड़ने लगे।

ख़ुश-ख़ुश उड़ते हुए, वे स्टोर रूम से निकल, अपने बेटे के कमरे की ओर बढ़े। वह गहरी नींद में था। बहू भी गहरी नींद में थी। नींद में दोनों की पीठ, एक दूसरे की ओर थी। नींद से बाहर भी, अब उन दोनों की पीठ एक-दूसरे की ओर ही हो गयी थी। तभी बेटे का मोबाइल बजा। मोबाइल की बेवक़्त की घण्टी बेटे की नींद में धँसी। बेटे के बेमन उठे हाथ ने मोबाइल उठाया। मोबाइल पर उनकी मृत्यु की सूचना थी। बेटे ने अपनी पत्नी को झकझोरकर उठाया और कहा, "पापा नहीं रहे..."

वे अब तक अधर में ही थे–हवा पर। बेटे के मुँह से अपनी ही मृत्यु की सूचना पाकर ज़मीन पर उतर आये।

वे बेटे के चेहरे पर, अपनी मृत्यु का दुःख ढूँढ़ने लगे और वहाँ उन्हें उनकी मृत्यु की प्रतीक्षा मिली। बहू के चेहरे पर अपनी मृत्यु के दुःख को उन्होंने ढूँढ़ने की कोशिश भी नहीं की–वहाँ कुछ मिलने की उम्मीद उन्हें थी भी नहीं। उस दुनिया से, इस दूसरी दुनिया में आकर जो इसी दुनिया में अटकी रह गयी, पता नहीं कौन-सी दुनिया थी, वे पहली बार थोड़े दुखी हुए। वे पलटे और बेटे के कमरे से बाहर आ गये और सीधे स्टोर रूम में घुस गये जो अब उनका घोंसला था। वे बिना हत्थे वाली कुर्सी पर बैठ गये और उन्होंने अपनी आँखें बन्द कर लीं।

(घर की वे वस्तुएँ जो सजावट की वस्तुएँ होती हैं, समय के साथ-साथ अपने होने को खोती जाती हैं। घर के लोगों को शुरू में वे दिखती रहती हैं लगातार। फिर वे कभी-कभार दिखने लगती हैं। फिर धीरे-धीरे उनका दिखना, कम होते-होते, कब ख़त्म हो जाता है–पता ही नहीं चलता! वे हमारे सामने ही रहती हैं : हमारे क़रीब उपस्थित। पर रहती हैं अदृश्य-सी उपस्थित। जैसे हों, पर न हों। यह देखना भी कितना अजीब-सा है कि जो हमारे पास-साथ लगातार रहते हैं, फिर चाहे वे वस्तुएँ हों या हों मनुष्य, हम उन्हें कभी ग़ौर से नहीं देख पाते हैं। मनुष्य भी ठीक वस्तुओं की तरह ही–हमारे देखे जाने में अदृश्य होने लगते हैं और हमें पता ही नहीं चलता। हम साथ रहें एक ही छत के नीचे तो भी एक-दूसरे का चेहरा...एक-दूसरे पहने कपड़े...एक-दूसरे के हाव-भाव से रहते हैं बाहर। हम एक-दूसरे की आवाज़ के

पास रहने लगते हैं बस। बस सुनते हैं एक-दूसरे को। और सच यह भी है कि कई बार सुनते भी नहीं हैं हम। नहीं सुन पाते हैं हम चिड़ियों की ख़ुश-चहचहाहट...सुन नहीं पाते हैं हरी-पत्तियों की जीवित-सरसराहट...पकते खाने की गर्म-बुदबुदाहट हम सुन नहीं पाते हैं...हम सुन नहीं पाते हैं बारिश की महीन-टपाटप...सूखी पत्तियों के गिरने की आवाज़ जो ज़मीन को छूकर चुप हो जाती है–हम सुन नहीं पाते हैं। ठीक वैसे ही हर बार हम अपने आसपास की मनुष्य-उपस्थिति को सुनने से चूक जाते हैं हमेशा...आँखों के आँसुओं की बारीक-आहट को हम नहीं सुन पाते हैं...ठीक हमारे सामने उपस्थित दुःख की तरलता को हम महसूस नहीं कर पाते है, इसके बावजूद की वह अपनी तरलता से छूता रहता है हमारी त्वचा...पर हम महसूस नहीं कर पाते हैं अपनी त्वचा पर उस दुःख का गीलापन...दुःख जो धीरे-धीरे बूढ़ा होता जाता है : सघन। बूढ़ा-दुःख होता है–अदृश्य-सा उपस्थित। ठीक हमारे सामने। हमारे सामने, अपनी अदृश्यता को लगातार दृश्य में बदलने की कोशिश करता, पर हमारे महसूस करने से बाहर। बिल्कुल हमारे सामने, पर हमारे देखे जाने से बाहर...यह कौन है हमारे भीतर जो हमें दुःखों को देखने से बाहर कर रहा है लगातार? यह कौन है हमारे भीतर जो हमारे आसपास को अदृश्य बना रहा है हमारे लिए? कब यह होता है कि देखे जाने से अदृश्य हो गयी वस्तुएँ और देखे जाने से अदृश्य हो चुके मनुष्य, किसी कबाड़ख़ाने में पहुँच जाते हैं?)

कुछ देर बाद जब वे बाहर आये तो घर को पूरी तरह ख़ाली पाया। वे समझ गये कि बेटे, बहू और बच्चे उनकी अन्त्येष्टि में चले गये हैं। घर अब बिल्कुल ख़ाली था। अब वे पूरे घर में डोल सकते थे–यहाँ से वहाँ : बेहिचक। उन्होंने पाया कि घर का अर्थ उनके लिए ज़्यादा बचा नहीं रह गया है। भूख उन्हें लग नहीं रही है। प्यास भी उन्हें लग नहीं रही है। वे समझ गये कि वे मनुष्यों के सारे नित्यकर्मों से बाहर हो गये हैं।

एक दिन में ही, वे बिना बेटे, बहू और बच्चों के ख़ाली हो गये घर से जैसे ऊबने लगे। लगा कि उस शहर चलें जहाँ से वे यहाँ आ गये थे और जहाँ उनकी अन्त्येष्टि हो रही थी। उन्होंने अपनी देह से कहा भी कि चलो वहीं चलते हैं, जहाँ मैं मरा हूँ। वे प्रतीक्षा करते रहे, पर उनकी देह ने उनकी बात सुनी ही नहीं। उसके बाद वे जो स्टोर रूम में घुसे तो बाहर निकले ही नहीं। वहीं पड़े रहे–बिना हत्थेवाली कुर्सी पर। वे समझ गये कि बेटे का यह आपार्टमेंट ही अब उनकी दुनिया है।

वे अगर अपने शहर जा पाते तो यह जान पाते कि उनके उस घर की बिजली

की बत्तियाँ उनके मरने के बाद से, स्विच ऑफ़ करने के बावजूद ऑफ़ नहीं हो रही हैं। वे जल रही हैं लगातार और कूलर दिन रात चल रहा है और बन्द ही नहीं हो रहा है। पत्नी, बेटियाँ-दामाद, बेटा-बहू परेशान हैं और आने-जाने वाले लोग आश्चर्यचकित हैं। आश्चर्यचकित हैं इलेक्ट्रिशियन। वे वापस जा पाते तो उन्हें पता रहता कि तीन दिन तक लगातार बिजली की बत्तियों का यह खेल चलता रहा है, उसके बाद उनके स्विच अपने आप काम करने लग गये हैं। कह नहीं सकते की घर की बिजली ने यह हरकत उनकी मृत्यु के शोक में की थी या की थी अपने स्विचों पर उनकी अँगुलियों के ग़ायब हो जाने की ख़ुशी में। उनकी पत्नी को इस बात का थोड़ा अन्दाज़ था, पर उन्होंने किसी से कुछ कहा नहीं।

इस बीच उन्होंने यह महसूस किया कि उनकी पीठ पर खुजली का भ्रम, अब नहीं उग रहा है और अब भ्रम को जनेऊ से सुबह उठते ही खुजलाने की ज़रूरत नहीं बची है। बेटा-बहू घर के टेरेस की एक बत्ती बन्द करना भूल गये थे। अब वह, जब तक वे लौटे न–जलती रहने वाली थी, पर उन्हें उसमें घूमता मीटर नहीं दिखा और न उसे बन्द करने की इच्छा जागी। वे रोशनी देखने टेरेस तक गये। और अँधेरे में डूबे और कहीं-कहीं रोशनी में टिमटिमाते उस शहर को, टेरेस में खड़े-खड़े देर तक देखते रहे। वे जानते थे कि शहर उन्हें नहीं देख सकता है। वे पहली बार ऐसे सुख में थे, जो बिना ख़ुद के देखे जाने से बाहर, दूसरों को देख लेने का होता है।

पड़े-पड़े और बेटे के इस अपार्टमेंट के बैठक सहित चार कमरों में इधर-उधर डोलते उन्हें, शायद तीन दिन बीत गये थे कि एक दोपहर कोई आहट महसूस हुई। यह वह आहट थी जिसे वे सुन सकते थे और कोई नहीं। यह वह आहट थी, जिसे मनुष्य सुन नहीं सकते थे। आहट जब आयी तो वे स्टोर रूम में थे। बाहर आये तो चौंक गये।

उनकी पत्नी थीं। वे भी आ गयी थीं–उनके पीछे-पीछे।

"तुम भी?" उन्होंने कहा। कहने में सुख और दुःख एक साथ थे। पत्नी नाइटी में थीं, जिसमें छपे फूलों ने अपना थोड़ा रंग खो दिया था। अब उनकी पत्नी को इसी नाइटी में रहना था। उन्हें अगर मालूम रहता कि वे ऐसा फँसेंगे कि सोये कपड़े में दिखेंगे–जाने कब तक तो वे पूरा कपड़ा पहनकर सोते–बुशर्ट, पैंट-बेल्ट और अपनी फ़्लैट कैप, जिनके बिना इस दुनिया में भी अपना होना उन्हें अधूरा लगता है–कभी-कभी। पत्नी को भी कहते कि हर रात अच्छी साड़ी पहनकर सोये और गहने-गुरिया भी पहन ले। अब तो पत्नी के गहने बहू पहनेगी।

पत्नी उन्हें देख आश्चर्यचकित थीं, "तुम पहले से हो...कितनी अजीब बात है...मैं आज ही नहीं रही और मैं आज यहाँ हूँ...जहाँ मैं हमेशा रहना चाहती थी... रहना चाहते थे तुम भी, इसीलिए हम यहाँ हैं...है न?"

"लगता तो यही है..." उन्होंने कहा। उन्हें अच्छा लगा कि अब वे अकेले नहीं हैं। पत्नी साथ है। पत्नी के साथ रहने की उन्हें आदत है और बिना उनके ये तीन दिन भी उन्हें भारी लगे थे और अभी उन्हें समझ में आया कि इस दूसरी दुनिया के सुकून के भीतर जो बेचैनी थी, वह पत्नी के पास नहीं होने की थी। अब वह बेचैनी ग़ायब थी और उन्होंने अपने को हवा से भी हल्का महसूस किया।

वे अपनी पत्नी को स्टोर रूम में ले गये जो अब उनकी रहने की जगह थी और अब उनकी पत्नी की भी रहने जगह थी।

वे दोनों, अब एक साथ मिलकर, बेटे-बहू और पोते-पोती की, अपनी ही अन्त्येष्टि से वापस आने की प्रतीक्षा कर रहे हैं कि उनके साथ रह सकें।

गन्ध

पृथ्वी गन्धों से भरी हुई है। पृथ्वी को आती है, अपने से जुड़े, एक-एक मनुष्य, एक-एक पेड़-पौधे, एक-एक पशु-पक्षी, एक-एक जीव-जन्तु, एक-एक मौसम, एक-एक तरल-ठोस की गन्ध। गन्ध साँसों की। गन्ध धातु की। गन्ध जल की। गन्ध वायु की। एक-एक मनुष्य, एक-एक पेड़-पौधे, एक-एक पशु-पक्षी, एक-एक जीव-जन्तु, एक-एक मौसम, एक-एक तरल-ठोस को आती है पृथ्वी की गन्ध। गन्ध : सुगन्ध। गन्ध : दुर्गन्ध। यह तय कौन कर सकता है ठीक-ठीक कि यह जो गन्ध है—वह है सुगन्ध और यह जो है—वह है दुर्गन्ध? हो सकता है कि किसी के लिए जो गन्ध, दुर्गन्ध हो, किस और के लिए—वह सुगन्ध हो। मछुआरों के लिए मछली की गन्ध, सुगन्ध है। किसी और के लिए, मछली की यही गन्ध दुर्गन्ध है। किसान के लिए काली मिट्टी की गन्ध, सुगन्ध है, जिसमें उगती हैं धान की बालियाँ और धान की पकती बालियों की सुगन्ध से भरा रहता है किसान-मन। हो सकता है काली मिट्टी से किसी को कोई गन्ध ही न आये। हो सकता है किसी के मन में उतरे ही नहीं धान की पकती बालियों की गन्ध। समुद्र गन्धों से भरा हुआ है। भरे हुए हैं, नदियाँ, तालाब और झील गन्धों से। पहाड़ों में पेड़ों की गन्ध है। पेड़ों गें पत्तियों की गन्ध है। पत्तियों में फूलों की गन्ध है। फूलों में गन्ध है फलों की। बादलों से आती है बारिश की गन्ध। बारिश के साथ बरसती है, बादलों की गन्ध। धरती और पहाड़ के गर्भ से आती है धातुओं की गन्ध। अग्नि में पिघलती है जब धातु तो धातु की तरल-गन्ध आती है अग्नि को। स्त्री के गर्भ में रहती है, विकसित होते भ्रूण की गन्ध। विकसित होते भ्रूण की गन्ध रहती है ऐसे, जैसे रह रही हो स्नेह-गन्ध कोई। स्त्री के चेहरे पर ठहरी रहती है भ्रूण की यह स्नेह-गन्ध : गन्ध जो दिखती है चमकती-सी और जिसके आलोक में डूबी रहती गर्भवती-स्त्री। तितलियों और फूलों के पास पराग की गन्ध है। पराग के पास है तितलियों और फूलों की गन्ध। आसमान के पास हवाओं की गन्ध है।

गन्ध है बादलों की। धूल-धुएँ की गन्ध है। ब्रह्माण्ड में है ग्रहों की गन्ध। ग्रहों के पास ब्रह्माण्ड की गन्ध है। हम एक-दूसरे की गन्ध के पास रहते हैं। हम एक-दूसरे की गन्ध के साथ रहते है। जब तक जीवित रहते हैं हम, तब तक जीवित रहती है हमारी और दूसरों की गन्ध हमारे साथ। मरते ही, मृत्यु की गन्ध रहती है पास, जो जीवित से अलग रहती है। मृतकों को नहीं आती है कोई गन्ध कहीं से। गन्ध आती है सिर्फ़ जीवितों को। मृतकों के लिए सारी गन्ध मरी रहती है। गन्ध हमेशा रहती है, पर जिस गन्ध के साथ रहते रहो हमेशा, वह गन्ध मरने लगती है धीरे-धीरे। ठीक उसी तरह जैसे मरे हुए के लिए, मर जाती है गन्ध तुरन्त।

जिनके घरों में, जिनके साथ कुत्ते नहीं रहते हैं, उनके घरों में उनके साथ, कुत्तों की गन्ध नहीं रहती है, पर उन्हें कुत्तों की गन्ध आती है! जिनके घरों में, जिनके साथ कुत्ते रहते हैं, उनके घरों में उनके साथ कुत्तों की गन्ध रहती है, पर उन्हें कुत्तों की गन्ध नहीं आती है!

सिबू कुत्तों की गन्ध के साथ रहता है, इसके बावजूद कि उसके घर में, उसके साथ एक भी कुत्ता नहीं रहता है। वह जब किसी के बाज़ू से गुज़रता है तो 'बाज़ू' को कुत्तों की गन्ध आती है। एक साथ, कई कुत्तों की मिली-जुली गन्ध। वह जहाँ-जहाँ से गुज़रता है, वहाँ-वहाँ से गुज़रती है कुत्तों की वह गन्ध–उसके साथ-साथ। अगर आपने उसकी ओर देखा नहीं तो आपको यह लगेगा कि कुत्तों का कोई झुण्ड आपके बाज़ू से गुज़र गया है। देख लिया तो बाज़ू से उसका गुज़रना दिखेगा, पर ऐसा कि कुत्तों की गन्ध वाला मनुष्य गुज़रा जैसा।

सिबू जब घर में घुसता है अपने, तो उसके घर में घुसती है उसके साथ कुत्तों की गन्ध। जब वह घर में, थककर बैठता है उकड़ूँ–तो थककर उकड़ू नहीं बैठती है कुत्तों की गन्ध। वह घर में जब सोता है थककर, तो थक कर सोती नहीं है कुत्तों की गन्ध। कुत्तों की गन्ध कभी नहीं बैठती है। कुत्तों की गन्ध कभी नहीं सोती है। आप कितना भी पाउडर-परफ़्यूम डाल लें। डाल लें फ़िनाइल की तीखी गन्ध। पर कुत्तों की गन्ध थोड़ी ही देर में, इन्हें चीरकर ऊपर आ जाती है।

सिबू पृथ्वी पर जितनी जगह घेरता है, उससे ज़्यादा जगह घेरती है–उससे लिपटी कुत्तों की गन्ध। रात जब वह कभी-कभार देखता है कोई स्वप्न, तो स्वप्न से आ रही होती है कुत्तों की गन्ध। पर कुत्तों की गन्ध को कोई स्वप्न आता है या नहीं–यह वह नहीं जानता है। वह नहीं जानता है कि कुत्तों की गन्ध, कनखजूरे-सी

सरसराती, उसके स्वप्नों में घुसती कैसे है? पर यह जो कुत्तों की गन्ध है जो लगातार उससे दूसरों को आती रहती है, आश्चर्य है, उसे अपने से नहीं आती है–यह गन्ध कभी। घर में सबसे अधिक यह गन्ध आती है उसकी पत्नी को। लिपटता है जब कभी उससे तो वह मुँह बनाती है। पत्नी को लगता है कि वह कुत्तों के किसी झुण्ड से लिपट रही है।

कुत्तों की गन्ध भूँकती नहीं है, नहीं तो उसकी पत्नी और कितनी परेशान होती! पत्नी इधर जो भी करती है उसके साथ, दया और बर्दाश्त करते हुए करती है। सहती है। उसके पास देशी ठर्रे का गहरा नशा होता है तो वह सुख ले लेता है, पर पत्नी शायद नहीं ले पाती होगी या यह भी हो सकता है कि थोड़ी देर बाद सुख उभरता होगा और कुत्तों की गन्ध हट जाती होगी और वह पहुँचती होगी सिबू की गन्ध तक और वह भी सुख ले पाती होगी। वह समझ नहीं पाता है कि उसे क्यों नहीं आती है कुत्तों की गन्ध जो उसकी देह से दूसरों को आती है? अजीब यह है कि बिना कुत्ता पाले, उसके दो बच्चे और पत्नी, कुत्तों की गन्ध के साथ, तब तक रहते हैं, जब तक वह घर में रहता है। वह जब अपने घर से बाहर निकलता है तो ही घर से उसके साथ ही बाहर निकलती है कुत्तों की गन्ध।

सिबू कुत्तों की गन्ध की गिरफ़्त में इसलिए था कि वह एक अमीरों की कालोनी में, एक अमीर-घर में, कुत्तों के सेवा-जतन का काम करता था। इसमें पैसे ठीक-ठाक थे और मेहनत सिर्फ़ सुबह-शाम थी। दोपहर और रात का ख़ाली समय बचा रहता था। इस, दिन के दो विपरीत सिरों पर बचे ख़ाली समय को, वह दारू के दो देशी पव्वों में बाँट चुका है। कभी-कभी देशी पव्वा भर पैसा नहीं होने पर, वह हमें अपनी बस्ती के पास की देशी दारू-भट्ठी में, पव्वा में दो...पव्वा में दो की पुकार उठाता दिख सकता है...जिससे किसी एक और, पव्वा से कम पैसा रखे आदमी को खोज, एक पव्वा ख़रीदा जा सके और पव्वा के आधे में सन्तोष खोजने की कोशिश की जा सके, जबकि होता इससे उल्टा ही था–आधा पव्वा दारू, पेट के भीतर जाकर, दिमाग़ में चढ़ते ही और आधा पव्वा दारू खोजने लगती थी। फिर आधा पव्वा भीतर चली जाये तो फिर आधा पव्वा...इसका अन्त बेहोश हो जाने तक पीने में था। पर उसके पास कभी इतना पैसा नहीं रहता था कि वह बेहोश होते तक पी सके। यह ठीक भी था कि इसीलिए भट्ठी या अपनी बस्ती के आसपास, वह कहीं पड़ा, नशे में बेहोश नहीं पाया जा रहा था। इसलिए वह अपना कामकाज भी कर पा रहा था कि उसका दिन ठर्रे के दो पव्वों पर टिका था और जो दो पव्वों से कम पर भी कभी-कभार टिक जाया करता था, पर कभी भी दो पव्वों से अधिक पर नहीं टिकता

था। वह एक दिन में, दो पव्वों को पा लेने के बाद, उससे अधिक उसे पाने की कोशिश नहीं करता था तो इस तरह उसे एक संयमित शराबी कहा जा सकता था।

अमीरों को कुत्ते को सहलाना-पुचकारना भाता था, पर कुत्तों को टट्टी-पेशाब कराना, खिलाना-पिलाना, भाता नहीं था और उन्हें इस काम के लिए, उस जैसे आदमी की हमेशा ज़रूरत पड़ती थी। इस तरह, इस अमीरों की कालोनी के, एक अमीर-घर में वह कुत्तों के सेवा-जतन का काम करने लगा था। इसमें पैसा ठीक-ठाक था क्योंकि यह काम, लोग कुत्तों के भय से करना नहीं चाहते थे तो इस काम में बहुत प्रतिद्वन्द्विता भी नहीं थी। नौकरी जाने का भी डर कम था। वह एक तरह से अमीरों की मजबूरी-सा था। पर वह इसका कोई फ़ायदा उठाता नहीं था। वह अपने काम के दौरान बस 'जी सर' और 'जी मैडम' कहता और उससे उसके अमीर सर-मैडम ख़ुश रहते थे। सच तो यह है कि वह एक बड़े सेठ का घर था और काम के पहले दिन सिबू ने उन्हें सेठ जी और सेठानी जी का सम्बोधन देने की कोशिश की थी, पर सेठानी ने ही उस सम्बोधन को पहली बार सुनते ही यह कह दिया था कि वह उन्हें सर और मैडम बुलाया करे। इस तरह वे सिबू के मुँह में एक बार ही सेठ-सेठानी रहे, फिर सर-मैडम हो गये। (ये सारे करोड़पति-अरबपति सेठ, सरकारी अधिकारियों से बहुत डरते थे। उनकी जी-हजूरी में परिवार लगे रहते थे कि भ्रष्ट सरकारी अधिकारियों के कारण ही वे करोड़पति-अरबपति हैं–यह बात वह अच्छी तरह जानते थे। तो अपने नौकरों से सर-मैडम बुलवाना उन्हें क्यों अच्छा लगता था। कोई थोड़ा-सा भी समझदार आदमी, आसानी से समझ सकता था।)

उसके आसपास कुत्तों का दो तरह का जीवन था। एक कुत्ते वे थे जो यायावर भटकते रहते थे, यहाँ से वहाँ और वहाँ से यहाँ–खाने की खोज में। ऐसे कुत्ते जगह–जगह दुत्कार और मार सहते रहते थे। घायल हो जाते तो ख़ुद को चाटकर ठीक करने की कोशिश करते या पीड़ा सहते-सहते भूखे मर जाते थे। ऐसे कुत्ते उसके मोहल्ले में बहुत थे : मरियल-भूखे-सूखे कुत्ते। यह इस देश के कुत्तों की वह नस्ल थी, जिसे अमीर और उच्च-मध्यवर्गीय घरों को तो हम जाने दें, निम्न-मध्यवर्गीय घरों में भी जगह नहीं मिलती थी। कभी-कभी उन्हें उस जैसे निम्नवर्गीय लोगों के घरों में जगह मिल जाती थी, पर यह बमुश्किल ही था क्योंकि उनके घरों में उनके लिए ही खाना पूरा नहीं पड़ता था तो वे किसी कुत्ते को अगर पाल भी लें तो खिलायें क्या? इस तरह निम्न घरों में पला कुत्ता भी यायावर बना रहता था। पाला गया कुत्ता, पालने वाले के घर में आवाजाही कर सकता था, उनके बच्चों के साथ खेल सकता था, पर खाने-पीने की बहुत उम्मीद नहीं करता था कि वह इस घर में नियमित उसे मिलेगा

और बाहर खाना खोजना उसे नहीं जाना पड़ेगा। यह थोड़ा अजीब-सा रिश्ता बनता था, घर का मालिक ठीक-ठीक कुत्ते का मालिक नहीं था और कुत्ता भी ठीक-ठीक घर के लोगों का गुलाम नहीं था। ऐसे आवारा कुत्ते, जिनकी निम्न-घरों में आवाजाही बन जाती थी–यह सोच सकते थे कि वे अब आवारा नहीं रह गये हैं, पर सच तो यही था कि वे आवारा ही बने रहते थे। इनमें से कुछ कुत्ते भिखारियों के साथ रहने लगते थे। जहाँ आवारगी, कुत्ता और कुत्ते के मालिक उस भिखारी के पास समान रूप से रहती थी। भिखारियों के पास रहने से वे इन निम्नवर्गीय घरों से थोड़ा बेहतर स्थिति में पहुँच जाते थे कि भिखारियों के पास सड़ा-गला खाना भी लगभग रोज भीख में आ जाता था जो उसके पीछे-पीछे डोलते कुत्ते के ही काम आता था। पर एक भिखारी के पीछे आमतौर पर बस एक ही कुत्ता पीछे-पीछे डोलता था। भिखारी एक से ज़्यादा कुत्तों को अपने पीछे बर्दाश्त नहीं कर पाते थे। भिखारी इतने लस्तम-पस्तम रहते की भिखारियों और आवारा कुत्तों के बीच कोई बड़ा अन्तर न बचता था और न बचा हुआ दिखता था।

दूसरे कुत्ते वे थे, जिनकी सिबू सेवा-जतन का काम करता था। वे विदेशी नस्ल के कुत्ते थे जो अंग्रेज़ों के साथ यहाँ आये थे और दो-ढाई सौ साल बाद भी इस देश की गर्म जलवायु से अपनी देह का तादात्म्य नहीं बिठा पाये थे। जहाँ देशी कुत्ते, महीने में एक दो बार किसी नाली या पोखर में नहाने के नाम पर उतरते, वहीं इन्हें रोज़ नहलाना पड़ता था। वैसे नहलाना कुत्तों के मालिक के आदेश पर निर्भर था और कुत्तों की तासीर पर। कुत्तों की तासीर कुत्तों का मालिक ही समझता था या कहें कि समझने का दावा करता था। कुछ अपने कुत्तों को एक-एक दिन की आड़ में नहलवाते थे और बाक़ी दिन बस गीले तौलिये से उनके पूरे शरीर को पोंछवाते थे। इन कुत्तों के लिए ज़रूरी था कि वे उन दिनों को छोड़कर, जिन्हें मौसम ने ठण्डा कर दिया हो, हमेशा एसी या कूलर की ठण्डी हवा के घेरे में रहें। उनकी क़ीमत हज़ारों में थी और वे क़ीमत का भुगतान कर घर में लाये गये थे तो मूल्यवान थे। उन्हें खोने का दुःख मालिकों के भीतर उपजता था। उन्हें खोजने के लिए मीडिया में उनकी तस्वीर के साथ इनाम घोषित किया जाता था। वे मारे नहीं जाते तो इनाम के लालच में लौटा दिये जाते थे और लौटे कुत्ते हमेशा इतनी दयनीय हालत में होते कि मालिक की आँखों में आँसू ला देते थे। वे उसके मोहल्ले के आवारा कुत्तों से बिल्कुल अलग दिखते थे। अलग थे। चमकीले और ख़ूबसूरत। झबरू और गबरू और चपल। उनके पास उतनी सुविधा थी, जितनी उनके मालिकों के पास थी। नरम बिस्तर था। ठण्डी हवा थी। अच्छा खाना-पीना था। मालिक का लाड़-प्यार-पुचकार-दुलार था।

उन्हें नहलाने-धुलाने,पोंछने-सहलाने, घूमाने–फिराने, टट्टी-पेशाब के लिए सिबू जैसा नौकर था। इन सब प्रक्रियाओं में, कभी उसकी कोई बात, इन कुत्तों को पसन्द नहीं आती थी तो वे उस पर भौंक भी लेते थे। मालिक के अलावा, मालिक के कुत्ते भी उसे अपना नौकर ही समझते थे, पर कुत्ते उसे अपना नौकर समझते हैं, यह बात वह जानता नहीं था। वह कुत्तों के अपने ऊपर भौंकने को, बस कुत्तों के भौंकने की तरह ही लेता था। वह कुत्तों के भौंकने का अर्थ नहीं खोजता था। इन मालिक-कुत्तों का ग़ुस्सा उनकी पूँछ से वह अब पहचानने लगा था। ग़ुस्से में इन कुत्तों की पूँछ, तनकर दायें से बायें डोलने लगती थी : बेचैन। अब वह पहचान लेता था कि कुत्ता उसे ग़ुस्से में देख रहा है या उसे पहचान कर देख रहा है ख़ुश होकर।

सिबू जैसे ही अमीर-घर में घुसता। कुत्तों के कान खड़े हो जाते थे। कुत्ते उसकी गन्ध पहचानते थे और उसकी गन्ध के साथ अपने लिए आ रहे सेवा-जतन को भी पहचानते थे। कुत्तों को उसके भीतर तक रच-बस गयी अपनी गन्ध बिल्कुल नहीं आती थी। आती थी बस उसकी गन्ध। गन्ध एक आदमी की। कुत्ते जैसे उस मनुष्य-गन्ध का इन्तज़ार करते रहते थे। इन्तज़ार करते रहते थे उस मनुष्य-आहट का जो उनके सेवा-जतन की थी। उसे देखते ही कुत्तों की आँखें चमक जाती थीं और कान खड़े हो जाते थे। सच यह था कि वह आदमी उन्हें घुमाने ले जाता था–बाहर की हवा खिलाने...दिखाने दुनिया बाहर की। आवारा कुत्तों के पास ग़रीबी थी, पर स्वतन्त्रता थी। इन विदेशी कुत्तों के पास अमीरी थी, पर परतन्त्रता थी। उनके पास दुनिया को देखने की सीमा थी। रहन-सहन का सुख था, पर गले में पट्टा था और वे अपनी थूथन से अपने मालिकों के पैरों को चूमते रहते थे। इस तरह इन विदेशी नस्ल के कुत्तों के लिए, उसकी आहट स्वतन्त्रता की आहट थी जो बहुत देर तक नहीं ठहरी रहती थी, पर जितनी देर ठहरी रहती थी–उन कुत्तों को भाती थी और वे सुबह-शाम उसकी प्रतीक्षा करते थे।

घुसते ही सिबू उन्हें बारी-बारी से पुचकारता था। वे अलग-अलग उम्र के थे। थे दिखने में भी अलग-अलग। अलग-अलग रंग-नक़्श। अलग-अलग धब्बोंवाले : भूरे में काले तो काले में सफ़ेद। अलग-अलग थी उनकी चपलता। उनकी आँखों की चमक अलग-अलग थी। अलग-अलग था उनका भूँकना-कुँकुआना। सिबू उकड़ूँ बैठ उन्हें पुचकारता और कब कुत्ते उसे पुचकारने लगते–यह उसे पता ही नहीं चलता। वह कुत्तों के साथ लोटने लगता था। कुत्ते उसके साथ लोट रहे होते। समझ नहीं आता था कि कुत्तों के बीच कोई मनुष्य है। लगता कि कुत्तों के बीच

एक और कुत्ता है—थोड़ा अलग-सा दिखता। यह खेल थोड़ी देर चलता रहता। फिर उन्हें वह घुमाने बाहर निकलता।

एक बार में वह घुमाने के लिए दो कुत्ते ले जाता था तो इस तरह उसे सुबह-शाम तीन-तीन बार और हर बार आधे-आधे घण्टे के लिए कुत्तों को बाहर लेकर जाना पड़ता था। पहले यह सिर्फ़ दो बार था। अब तीन हो गया है। भविष्य में चार भी हो सकता था। उस घर में कुत्ते बढ़ते जा रहे थे। पर वह उनके बढ़ने से दुखी नहीं था, क्योंकि वह बढ़ते थे तो उसकी तनख़्वाह भी थोड़ी बढ़ जाती थी। घुमाने के लिए दो से अधिक कुत्तों को ले जाना कठिन था कि दो से अधिक कुत्तों को सम्हालना कठिन था। कुत्ते हमेशा उसे अपनी ओर खींचते रहते और जिस हाथ में कुत्तों का पट्टा रहता और जो हमेशा दाहिने हाथ में ही ज़्यादा रहता था तो उस ओर उसे झुका रहना पड़ता था। कभी-कभी वह कुत्तों के पट्टे को अपने दोनों हाथों में लेता और कुत्ते उसे दो विपरीत दिशा में खींचने लगते। अगर वह ताक़त से अपनी ओर उन्हें नहीं खींचेगा तो उसके पास उसकी बाँहें नहीं बचेंगी। इसलिए वह दोनों हाथों में कुत्तों को अलग-अलग पकड़ने से बचता था। दाहिने हाथ में जब दो कुत्ते एक साथ रहते तो आपस में ही उनके कन्धे-पैर टकराते रहते और वे अलग-अलग भागना भूल जाते थे। तो दो कुत्तों को घुमाने के लिए उसका एक दाहिना हाथ ही सही था। सुबह शाम मिलाकर वह रोज़ तीन घण्टे कुत्तों को घुमता था। वह तीन घण्टे रोज दाहिनी ओर झुका-खिंचा-सा रहता था। इससे हुआ यह कि उसका दाहिना कन्धा, दाहिनी ओर झुका-सा रहने लगा और उसे यह अब तक पता नहीं था कि उसका दाहिना कन्धा झुक गया है।

वह एक अमीरों की कैम्पस कॉलोनी थी, जिसमें लम्बा-चौड़ा बग़ीचा था और कुत्तों को घुमाने की पर्याप्त जगह थी। उतनी ही—जितनी वहाँ मनुष्य के घूमने के लिए जगह थी। कुत्ते और मनुष्य वहाँ एक साथ घूमते थे तो कभी-कभी कुत्तों की टट्टी मनुष्य के पैरों के नीचे आती रहती थी। इससे बहुत हो-हल्ला होता था। हो-हल्ले से बचने के लिए वह, वह कुत्तों को घुमाते-घुमाते, कुत्तों की टट्टी भी उठाता हुआ चलता था। इसके लिए वह अपने हाथ में टट्टी उठाने की एक 'किट' पकड़ा रहता था, जिसके प्लास्टिक के डण्डे के सिरे पर पाइप जैसा गोल आकार जुड़ा था जो डण्डी के सिरे में लगे लीवर को दबाने पर खुल जाता था और कुत्ते की टट्टी के ऊपर रखते ही वह लीवर छोड़ते ही बन्द हो जाता था और टट्टी उस गोले के भीतर चली जाती थी, जिसे बाद में वह लीवर खोल नाले या ऐसी किसी जगह पर जहाँ कुत्तों की टट्टी मनुष्य के पैरों के नीचे न आये, गिरा देता था।

कुत्तों को घुमाकर जैसे ही वह अमीर घर के गेट पर पहुँचता—कुत्ते ठिठक जाते। वे गेट के भीतर जाना नहीं चाहते। ऐसा सभी कुत्तों के साथ था, जो दो-दो कर, तीन बार में उसके साथ घूमते थे सुबह-शाम। और सुबह-शाम घर के गेट के सामने सभी कुत्ते ठिठकते थे। सिबू को यह बात अजीब लगती कि इन अमीर-कुत्तों को भी आवारगी ही पसन्द थी। सच यह था कि ये इतने नाज़ुक हो चुके थे कि इन्हें अगर अब खुला छोड़ दो आवारगी के लिए, उसके मोहल्ले के कुत्तों के साथ तो ये ज़्यादा-से-ज़्यादा तीन दिन में मर जायेंगे। हो सकता है कुछ तीस दिन तक जीवित रह जायें। सिबू भीतर ही भीतर अपनी सोच तीन से तीस दिन तक सुधारता, क्योंकि उसे ठीक-ठीक यह पता नहीं था कि वे कितने दिन जीवित रह पायेंगे। उसके भीतर कभी-कभी यह इच्छा जागती थी कि इनमें से किसी एक कुत्ते को वह आवारा कुत्तों के बीच छोड़ दे और देखे कि वह कब तक ज़िन्दा रहता है। हैं तो ये भी कुत्ते ही। हो सकता है इन कुत्तों को भी आवारगी जम जाये और कुत्ते अपना बुढ़ापा देख मरें।

सिबू उन्हें लगभग घसीटकर गेट के भीतर करता था और वह उन्हें नहलाता—उस शैंपू और साबुन से जो सिर्फ़ उनके लिए बना था। फिर वह कुत्तों की देह को तौलिये से रगड़-रगड़कर पोंछता है। अगर किसी कुत्ते के नाख़ून बहुत बढ़ गये हों तो वह उन्हें काटता है। कुत्तों की देह और उसका हाथ, साथ-साथ चलते हैं। छह कुत्तों को नहलाने तक तो वह थक ही जाता, इसलिए वह एक दिन में सिर्फ़ तीन कुत्तों को नहलाता है और तीन को पानी में तौलिया भिंगाकर पोंछता है। आज नहाये कुत्तों को कल वह पोंछेगा। आज पोंछे गये कुत्तों को कल वह नहलायेगा। इसमें उसके साहब और मेमसाब को कोई आपत्ति नहीं थी। आपत्ति होती तो उसे छहों कुत्तों को रोज़ नहलाना पड़ता और वह मना नहीं कर सकता था। भले ही यह काम उसके लिए बहुत भारी रहता। सिबू मना की जगह पर नहीं था। मना करने की जगहें उसके पास बहुत कम थीं। वह अगर बहुत सोचे तो मना करने की कोई छोटी-मोटी जगह उसे बस अपनी पत्नी के पास मिल सकती थी। अपने बच्चों को वह किसी बात के लिए कभी मना नहीं करता था। मना करने वाली जगहों पर वह अपने बच्चों के सामने चुप रह जाता था और उसकी चुप्पी की मना को उसके बच्चे पढ़ लेते थे। कुत्तों को नहलाने के बाद वह उनके रहने की जगह को धोता है। छह कुत्ते थे, उसे हमेशा उनके रहने की जगह पर उनकी टट्टी मिलती और उसे साफ़ करता और फ़िनाइल डाल पानी से धोता। पानी के साथ धुलती है कुत्तों की गन्ध। पर पूरी तरह कभी नहीं धुलती। वह आती ही है उन्हें, जिनके घरों में कुत्ते नहीं होते हैं। ऐसे लोग जैसे ही उस घर में घुसते या गुज़रते उस घर के सामने से उन्हें वह गन्ध आती ही।

फिर वह कुत्तों को खाना खिलाता। खाना जो कम्पनियाँ इन कुत्तों के लिए ही बनाती थीं। खाना खिलाते हुए, वह सावधानी बरतता था क्योंकि एक बार खाना देने के बाद, अगर खाने के पॉट से गिरते खाने को समेटने को भी अगर हाथ बढ़ाओ तो कुत्ते सोचते थे कि उनका खाना छीना जा रहा है और वे बढ़े हुए हाथ पर झपट पड़ते थे। वह इसका शिकार हो चुका था, इसलिए वह चुपचाप उन्हें खाते देखता रहता था दूर से। वह हमेशा कुत्तों के काट लेने के डर के भीतर अब भी रहता था। यह डर पहले जितना था शुरू में, उससे बहुत कम हो गया था, पर अब भी मरा नहीं था। कुत्तों के खाना खा लेने के बाद, वह उनके सामने से ख़ाली पॉट सावधानी से हटाता। किसी पॉट में खाना बचा रहता थोड़ा भी तो वह उस पॉट को, उस कुत्ते के सामने से खींचने में बहुत सावधानी बरतता। असल में यह सावधानी उसके भीतर का डर बरतती थी। जब तक उसे यह विश्वास नहीं हो जाता कि उस कुत्ते का पेट अब पूरी तरह भर गया है और पॉट खींचने पर वह उसके हाथ पर अपने मुँह से झपट्टा नहीं मारेगा, वह पॉट नहीं ही खींचता। इसके बाद वह सभी कुत्तों के मुँह को गीले तौलिये से पोंछता। साफ़-सुथरे और भरपेट कुत्तों को वह सर-मैडम और बाबा-बेबी के पास ले जाता कि वे कुत्तों से खेल सकें। दुलार सकें कुत्तों को।

सिबू ने कभी सोचा नहीं था कि ऐसा होगा। जो हुआ वह कोई सोच भी कैसे सकता था? जो हुआ वह किसी के भी सोचने से बहुत बाहर था और उसके सोचने के भीतर तो था ही नहीं। वैसे भी उसका जीवन इस तरह का था कि सोचता कुछ था और होता कुछ था। यह बचपन से था। उसने सोचा था कि वह पढ़ेगा और पढ़कर कुछ बनेगा। पर छठी से आगे वह पढ़ नहीं पाया और एक होटल में कप-प्लेट, बरतन-भाँड़े धोने के काम में लग गया था। वह सोचता था बार-बार रोटी और मटन–और खाता था बोरेबासी। वह दूध की चाय सोचता था बार-बार और वह उसे कभी-कभार ही मिल पाती थी–वह भी उस अमीर घर में। वह भी तब, जब उनकी खाना बनाने वाली बाई ग़लती से चाय ज़्यादा बना देती या इतनी ख़राब बना देती कि उसे अमीर घर पी नहीं पाता। वैसे तो वह घर से रोज़ रोटी के साथ काली चाय पीकर आता था। वह मिठाई किसी को कहते या खाते देखकर सोचता था और सोच में ही मिठाई खाकर उसे सन्तोष करना पड़ता था। वह जहाँ प्रेम सोचता था, वहाँ दुत्कार उपजता था। (जहाँ दुत्कार सोचता था, वहाँ दुत्कार तो थी ही।) दुनिया में था बहुत कुछ। दुनिया में दिखता था बहुत कुछ। दुनिया में दिखे से बहुत कुछ अपने लिए वह चुनता और सोचता था कि यह उसके पास होना चाहिए, पर वह कभी अपनी सोच को पाने की

जगह पर, आज तक नहीं पहुँच पाया है। यही ले लें कि उसने सोचा था कि वह अपने पिता की तरह ड्राइवर बनेगा और यह बात उसने बहुत शिद्दत से सोची थी और उसके लिए कोशिश भी की थी। बहुत जुगाड़ कर ड्राइविंग सीखी। पर बना क्या? बना कुत्तों का सेवा-जतन करने वाला आदमी। तो कुत्तों के सेवा-जतन का यह काम करते हुए उसे चार साल से कुछ माह अधिक हो गये थे। उसका दाहिना कन्धा, दायीं ओर पूरी तरह झुक चुका था और वह जब आईने के सामने खड़ा होता तो अब अपना दाहिना कन्धा उसे भी झुका हुआ दिखने लगा था। जिसे देखते ही वह सीधा कर आईने के सामने खड़ा होने लगा था।

तो जो हुआ उसने कभी सोचा नहीं था। जो हुआ उसके साथ वह बहुत विचित्र हुआ।

वह गर्मी के लम्बे दिनों की सुबह थी जो सुबह की शुरुआत ही थी, जिससे गहरा नीला रंग झर रहा था और सब कुछ सुबह के नीले में डूबा हुआ था। सिबू अमीर गेट के सामने खड़ा था। गेट पर 'कुत्तों से सावधान' का बोर्ड लगा था जो उसके लिए नहीं था। उसे कुत्तों की गन्ध नहीं आ रही थी। उसे वह आती नहीं थी। कुत्तों तक अलबत्ता उसकी गन्ध गेट के बन्द होने के बावजूद पहुँच गयी थी और वे कुँकुआने लगे थे। उसने धीरे से गेट खोला। वह हमेशा गेट को इतना धीमे खोलता कि गेट को बोलने का कोई मौक़ा नहीं देता था। ना चूँ। ना चा। तो गेट ने उसे भीतर ले लिया बिना कोई आवाज़ किये।

कुत्ते बँधे हुए थे। पर वे उसकी ओर लपक रहे थे। वे जब कुत्तों के क़रीब गया तो बँधे-बँधे ही वे उसके ऊपर चढ़ गये। सिबू कुत्तों की ओर झुकता चला गया। इसमें कुछ नया नहीं था। यह उसके और कुत्तों के बीच रोज़ होता था। सिबू झुकते-झुकते नीचे गिर गया। अब वह छह कुत्तों के साथ लोट रहा था फ़र्श पर। दूर से देखो तो वह कुत्तों के भीतर छुपा हुआ-सा दिख रहा था। लग रहा था कि कुत्ते ही लोट रहे है आपस में गुत्थम-गुत्था। उसे कुत्तों के साथ लोटते हुए आज देर तक देखा जा सकता था। कुत्ते उसे छोड़ ही नहीं रहे थे। अचानक लोटते हुए वह एक अँधेरे के भीतर चला गया। नीली सुबह में वह अँधेरा अभी-अभी कुत्तों और उसके बीच उपजा था, जिसमें वे डूब गये थे। अलस्सुबह के गहरे नीले में, अँधेरे का वह काला घेरा अचानक ही आश्चर्य-सा उपजा था। दिखते-दिखते अचानक सिबू का दिखना बन्द हो गया। बन्द हो गया था कुत्तों का दिखना भी। लगा कि छह कुत्तों के साथ वह ग़ायब हो गया है और अमीर घर के पोर्च पर, अँधेरे का एक गोल घेरा नाच रहा है, जैसे उसे हवा ने रचा हो, पर हवा कहीं नहीं थी। कुछ देर बाद या कहें

कुछ मिनटों बाद अँधेरे का वह गोल घेरा जो हवा की तरह तेज़ नाच रहा था अब तक–ग़ायब था अब वह। अब वहाँ छह की जगह, सात कुत्ते थे और सिबू कहीं नहीं था। बँगले का दरवाज़ा बन्द था। बन्द दरवाज़े के भीतर कुत्तों के मालिक थे। यह दरवाज़ा तब खुलेगा, जब सुबह नीली से सुनहरी हो जायेगी। दरवाज़ा खुलेगा तो छह की जगह सात कुत्तों को देख अचम्भित हो जायेगा दरवाज़ा।

सिबू को यह ज़रूर महसूस हुआ कि कुछ तो गड़बड़ हुई है उसके साथ। कुत्तों के साथ लोटते हुए, उसने अपने भीतर दर्द की एक ऊँची और तीखी लहर महसूस की थी। दर्द की उस लहर के भीतर हड्डियों के टूटने और फिर जुड़ने की आवाज़ भी थी। यही उसकी मांसपेसियाँ भी कर रही थीं–वे ऊपर-नीचे, आजू-बाज़ू खसक, देह का नया आकार गढ़ रही थीं। यह सब एक तीव्र पीड़ा के भीतर घटित हो रहा था। पर इसमें ज़्यादा समय नहीं लगा। लगा बस दो या तीन मिनट और सिबू ने मनुष्य-देह को खो दिया। वे छह कुत्ते अचम्भित थे कि उनके बीच एक सातवाँ कुत्ता था, जिसे उन्होंने पहले कभी नहीं देखा था और अब वे ठिठके-खड़े-घेरे उसे देख रहे थे। कुत्ते अचम्भित थे इसलिए भी की सातवें कुत्ते से, कुत्तों की गन्ध नहीं आ रही थी कि वह मनुष्य की तरह गन्धा रहा था। गन्धा रहा था सिबू की तरह। छह कुत्ते जितने अचम्भित थे, सातवाँ कुत्ता उतने से बहुत ज़्यादा अचम्भित था। छह कुत्ते तो कुत्ते ही थे, पर सातवाँ कुत्ता तो मनुष्य से कुत्ता बना था–और यह हुए अभी कुछ मिनट ही गुज़रे थे। तो अभी सातों कुत्ते अचम्भे के भीतर थे। सातवाँ, उन छहों को देख रहा था, जैसे देख रहा हो पहली बार। छहों, उस सातवें को देख रहे थे, जैसे देख रहे हों पहली बार।

जैसे ही सुबह नीली से सुनहरी हुई, घर का दरवाज़ा खुला। सेठ और सेठानी दिखे। वे ट्रैक-सूट में थे। वे इतने मोटे थे कि ट्रैक-सूट बमुश्किल उनकी देह को बाँधे हुए था। अब फटे-तब फटे-सा लग रहा था। सेठ ने अपने उद्योग से जितना धन अर्जित किया था इधर-उधर से–उसी अनुपात में उसने और उसके परिवार के सदस्यों ने चर्बी अर्जित की थी अपनी देह पर। घर का दरवाज़ा अच्छा-ख़ासा बड़ा था, पर सेठ-सेठानी एक साथ उससे नहीं निकल सकते थे तो पहले सेठ बाहर आये, फिर उनके पीछे सेठानी। वे दोनों रोज़ इस समय मॉर्निंग वाक के लिए निकलते थे। साथ-साथ। निकले तो देखा कि उनके कुत्तों के बीच एक देशी आवारा कुत्ता घुस आया है और उस कुत्ते के पास ही कुछ फटे गन्दे कपड़े पड़े हुए हैं और एक घिसी पुरानी रबड़ की चप्पल पड़ी थी।

"सिबू...सिबू...कहाँ मर गया...यह कुत्ता यहाँ कैसे घुस आया...सिबू...सिबू!" सेठ चिल्लाते रहे। चिल्लाने पर सेठ ने देखा कि उनके कुत्तों के बीच, घुस आया वह देशी कुत्ता, उनकी ओर अपने कान खड़े कर बढ़ने लगा है।

सेठ ने फिर सिबू को फ़ोन किया तो बहुत देर घण्टी जाती रही, फिर उधर से सिबू की पत्नी की आवाज़ आयी कि वे तो फ़ोन घर में ही छोड़ गये हैं।

"भाग...भाग...भाग..." सेठ अब उस कुत्ते को खदेड़ने लगे जो उनका नहीं था और भीतर घुस आया था और सिबू को पुकारने पर अब उनकी ओर बढ़ रहा था। सेठानी, देशी कुत्तों से डर और परहेज़ के कारण सेठ के पीछे छुपी-सी खड़ी थीं। सातवाँ कुत्ता अपने सर और मैडम की ओर देख रहा था। उसकी आँखों में आँसू छलक आये थे, जिसे न उसे दुत्कारता उसका सर देख पाया और न अपने पति के पीछे खड़ी उसकी मैडम देख पायी।

सुबह-सुबह और कोई था नहीं। सेठ ने अपनी पत्नी से कहा, "भीतर से कोई डण्डा-वण्डा ले आओ, मैं ही इसे भगाता हूँ। सिबू साला कहाँ मर गया...तुम्हारी बाइयाँ आ भी जायें तो इस कुत्ते को भगा नहीं सकतीं...और ड्राइवर के आने में अभी समय है...मुझे ही इसे भगाना होगा।"

सेठ, डण्डा हाथ में लिए सातवें कुत्ते की ओर बढ़े। सातवें कुत्ते को कुछ भी समझ में नहीं आ रहा था। वह औचक खड़ा था : निरीह। जब उसकी पीठ पर सेठ का डण्डा पड़ा तो सातवाँ कुत्ता कुँकुआता भागा गेट की ओर, पर गेट के ठीक पहले उसने फिर पलटकर देखा सेठ की ओर–तभी सेठ ने डण्डा फेंका उसकी ओर और सातवाँ कुत्ता गेट से बाहर भागा। फिर उन्होंने सिबू के उन कपड़ों की ओर देखा जो अब चिथड़े में बदल गये थे। वहाँ एक घिसी हुई रबड़ की चप्पल भी पड़ी हुई थी जो इतनी घिस चुकी थी कि अपने इस्तेमाल के अन्तिम हद को कह रही थी। यह देख सेठ ने सोचा कि साला देशी कुत्ता क्या-क्या बटोरकर ले आया है। सेठ के दिमाग़ में यह बिल्कुल नहीं आया कि वे चिथड़े और वह चप्पल सिबू की हो सकती है। उन्होंने उसे कभी ग़ौर से देखा नहीं था। देखने की उन्हें ज़रूरत ही महसूस नहीं होती थी। वे उसके काम को देखते थे जो अपने कुत्तों को पुचकारते-दुलारते हुए उन्हें दिखता था और उसमें कोई कमी-बेशी दिखती तो वे उस पर चिल्लाते थे। तो उस समय उन्हें सर झुकाकर सिबू का सुनना दिखता था बस। सिबू के रंग उड़े और कहीं से मिले कपड़े कभी नहीं दिखते थे। चप्पल पहनकर सिबू घर के भीतर आ नहीं सकता था तो उसकी उस घिसी हुई रबड़ की चप्पल को देखने का सवाल ही

पैदा नहीं होता था। सबसे पहले सेठ ने उस रबड़ की चप्पल को डण्डे में फँसा गेट से बाहर किया, फिर डण्डे के सहारे ही समेटते-घसीटते गेट के बाहर तक ले गये चिथड़े में बदल चुके कपड़ों को कि बाइयाँ आयेंगी तो वहीं से उसे बँगले के सामने रखे डस्टबीन में फिंकवा देंगे। नगर निगम की कचरा उठाने वाली गाड़ी अभी आयी नहीं थी, जैसे ही कोई बाई आयेगी सिबू के कपड़ों और स्लीपर के निशान जो उसके यहाँ होने के निशान थे–कचड़े में बदल जाने वाले थे।

सेठ जब यह सोच गेट को बन्द कर रहे थे कि सातवाँ कुत्ता फिर न घुस आये अन्दर, तब उन्होंने सातवें कुत्ते को (जिसकी पूर्व-देह एक मनुष्य की थी और जो अभी-अभी कुत्ता बना था और बनते ही देशी आवारा कुत्ता-सा लग रहा था) गेट के पाँच मीटर दूरी पर, अपने ही घर की ओर देखते खड़ा पाया। अब सेठ कॉलोनी के गेट तक तो उसे भगाते बाहर नहीं कर सकते थे। यह उनकी थुल-थुल देह के लिए मुश्किल था, क्योंकि वे तो अपने घर के गेट तक आते ही हाँफ गये थे और कॉलोनी के मेन गेट तक किसी कुत्ते को डण्डा ले भगाते दिखना उनके लिए बिल्कुल सम्मानजनक नहीं था तो उन्होंने अपनी कॉलोनी मैनेजर को फ़ोन किया कि देखो! कैसे कॉलोनी के भीतर एक देशी कुत्ता घुस आया है...इसे तुरन्त बाहर निकलवाओ!

सातवाँ कुत्ता जो कभी सिबू नाम का दुबला-पतला मनुष्य था और जिसका वज़न तीस साल की उम्र में मुश्किल से पैंतालीस किलो ही हो पाया था और अब जो अपना वज़न खोकर कुत्ते के वज़न का हो गया था। अब भी वह उस अमीर घर की ओर देखता बैठा था। निरीह। उदास। औचक। मैनेजर उसे कॉलोनी से बाहर करने, जिन दो मालियों को लेकर आया, वे सिबू के जान-पहचान के थे। एक ही जगह काम करो तो जान-पहचान हो ही जाती है। पर वे माली कैसे पहचानते कि जो देशी आवारा-सा यह कुत्ता है, वह सिबू है? उन दोनों ने उसे अपने डण्डों से पहले कोचका और फिर कॉलोनी की कांक्रीट की सड़क पर डण्डा बजाते सिबू को कॉलोनी के गेट की ओर दौड़ने लगे।

सिबू ने कभी सोचा नहीं था कि यह उसके साथ होगा कि सुबह-सुबह वह कुत्ते में बदल जायेगा। उसे कुछ समझ में नहीं आ रहा था कि वह क्या करे...कहाँ जाये? वह बहुत देर तक कॉलोनी के मेन गेट के बाहर खड़ा रहा–कॉलोनी से आते-जाते अपने जैसे कामकाजी लोगों को देखता कि शायद कोई उसे पहचान ले कि कुत्ता बनने के बाद भी उसके सिबू होने के निशान कुछ तो बचे ही होंगे। बची होगी क्या

उसकी दाढ़ी, जिसमें बेउम्र सफ़ेदी छींट-सी उभर आयी थी? बचा होगा क्या उसके सीने का एक बड़ा-सा मस्सा, जिससे उसके बच्चे गोद में लेने पर खेल लेते थे? कुत्ता बनने के बाद भी मस्सा अगर कहीं उभरा रह गया होगा तो भी मस्से से उसे यहाँ कोई पहचान नहीं सकता था। मस्से को बस पहचान सकते थे उसके बच्चे और उसकी पत्नी। उसे कोई पहचानता भी कैसे? बस वह ही सबको पहचान रहा था। दुर्भाग्य यह था कि वह मनुष्यों को पहचान रहा था, पर कुत्तों से उसकी कोई जान-पहचान नहीं थी। वह जिन छह कुत्तों को पहचानता था, उनके पास से उसे बाहर कर दिया गया था।

सिबू को जब कुछ सूझा नहीं तो आदतन वह दारू-भट्ठी की ओर चल पड़ा। भट्ठी उस कॉलोनी से बहुत दूर नहीं थी और न थी उसकी बस्ती से दूर। दारू-भट्ठी, कॉलोनी और उसकी बस्ती के बीच, उसके लिए लालच-सी ठहरी हुई थी। सिबू को रोज़ वहाँ तक पैदल जाने की आदत थी। फिर वहाँ से अपने क़दमों के लिए हल्की लड़खड़ाहट इकट्ठी कर, अपनी बस्ती तक जाने की आदत थी। उसे कुत्ता बन जाने के बाद भी दारू का अपना मोह समझ नहीं आया। जब वह भट्ठी के पास पहुँचा तो लोग वहाँ थे, पर न उसके पास पैसा था और न वह आवाज़ थी जो भट्ठी के गद्दीदार से शराब माँग सकती थी और न ही कम पैसे होने पर, पव्वा में दो...पव्वा में दो पुकार सकती थी।

भट्ठी के आसपास, उसी की तरह, देशी दिखने वाले चार कुत्ते भटक रहे थे। उन कुत्तों ने, एक और कुत्ते को अपने बीच देखकर भौंकना शुरू कर दिया। वह उसके चारों ओर घूम, उसका जायज़ा लेने लगे। फिर पता नहीं क्या सूँघ-समझ शाँत हो गये। चारों कुत्ते थोड़े परेशान थे कि यह जो नया कुत्ता उनके क्षेत्र में घुस आया था, उससे आ रही थी मनुष्य-गन्ध। वे बहुत पास जाकर उसे सूँघने के बावजूद कुत्तों की गन्ध उसके पास से नहीं पा सके थे। ग़नीमत है कि उन्होंने उसे भगाने के लिए, उस पर हमला नहीं किया। शायद वे कुत्ते उस विचित्रता को जानना चाह रहे, जिसके कारण एक कुत्ते से मनुष्य-गन्ध आ रही थी। तो भट्ठी के वे चार कुत्ते वे थे, जिनसे सिबू की कुत्ता बनने के बाद, पहली पहचान हुई। वे चारों कुत्ते वहाँ इसलिए मँडराते रहते थे कि भट्ठी से थोड़ी ही दूरी पर एक आदमी देशी सूअर का मांस बेचता था। जिसका अँतड़ी-पोटा आदि वह इन कुत्तों के सामने फेंक देता था। सिबू सुबह से भूखा था। अमीर घर में रात का बासी बचा कुछ न कुछ उसे खाने को मिल जाता था। पर मिलता कुछ, इससे पहले ही वह कुत्ते में बदल गया था। तो जब भट्ठी के वे चार कुत्ते सूअर बेचने वाले आदमी की ओर बढ़े तो वह भी उनके पीछे-पीछे

उधर ही बढ़ गया...सिबू को सूअर बेच रहे आदमी के द्वारा फेंका गया सूअर का अँतड़ी-पोटा, उन चार कुत्तों की दया के कारण ही मिला था–उन्होंने मनुष्य-गन्ध वाले कुत्ते के लिए उसे जान-बूझकर छोड़ा था। कुत्ता बनने के बाद पहली बार सिबू ने कच्चा मांस खाया और वह उसे बहुत स्वादिष्ट तो नहीं, पर ठीक-ठाक लगा। वह भूखा भी बहुत था। भूख स्वाद कहाँ देखती है? भूख किसी भी तरह पेट भरना सोचती है। अगर सिबू मनुष्य ही रहता और रहता कई दिनों का भूखा तो भी अगर कच्चा मांस मिलता तो वह उसे खाता। आश्चर्य यह था कि कुत्ते में बदलने के बाद, सिबू के भीतर दारू की इच्छा अब मरने लगी थी। वह शराबियों के बीच भटकता रहा और उन्हें पीता देखता रहा और जिनके पास पूरे पैसे नहीं थे, ऐसे शराबियों को 'एक में दो' की बेचैन आवाज़ लगाता वह देखता रहा, पर उसके भीतर दारू पीने की इच्छा अब नहीं जाग रही थी। वह भट्ठी के आसपास से बहुत जल्दी दो-तीन दिन में ही ऊब गया और उसे अपने घर की याद आने लगी और वह घर की ओर निकल पड़ा। भट्ठी के आसपास भटकने वाले वे चारों कुत्ते भी उसके पीछे-पीछे कुछ देर तक आये, फिर उन्होंने मनुष्य-गन्ध वाले उस कुत्ते का पीछा छोड़ दिया, जिस पर उनका अब तक ज़्यादा भरोसा बचा नहीं रह गया था।

सिबू को भट्ठी से घर की दूरी बहुत लम्बी लगी। पहले भी वह रोज़ यह दूरी नापता था, पर तब वह मनुष्य था और शराब के भारी नहीं तो हल्के से बहुत अधिक नशे के भीतर रहता था और भट्ठी से घर की दूरी का पता नहीं चलता था। आज ऐसा नहीं था और अभी वह कुत्तों की तरह दौड़ना भी नहीं सीखा था तो वह मनुष्य-चाल से अपने घर की ओर बढ़ रहा था, पर पैर तो कुत्ते के थे, उनमें मनुष्य-चाल तो थी, पर मनुष्य-चाल वाली गति नहीं थी कि सिबू को तेज़ चलने की आदत थी, पर कुत्तों-से पैर के कारण वह तेज़ नहीं चल पा रहा था।

समय लगा, पर वह पहुँच गया अपने घर के सामने जो झोंपड़ियोंवाले एक मोहल्ले में झोंपड़ी-घर था। घर में ताला बन्द था। मोहल्ले की बेचैनी पर कोई ताला नहीं था और साफ़ दिखा कि मोहल्ले की आवाजाही में उसका नाम तैर रहा है। उसकी पत्नी और निकट के रिश्तेदार और जान-पहचान के लोग, मोहल्ले के बाहर उसे खोजने को भटक रहे थे। भट्ठी में भी उसे कुछ लोग दिखे थे, अपने मोहल्ले के पहचान के अपने। पर वह क्या ध्यान देता? अब उसे कोई पहचान नहीं सकता था और भट्ठी तो उसके मोहल्ले के लोगों से भरी ही रहती थी।

सिबू अपनी ही झोंपड़ी की देहरी पर बैठे-बैठे थक गया, तब उसे दूर अपनी पत्नी दिखी। वह चार-पाँच लोगों के साथ थी और कोई भी कितनी भी दूर से देखकर

यह बता सकता था कि वे लोग उसे तसल्ली दे रहे थे। कुछ देर बाद, पत्नी झोंपड़ी की ओर आती दिखी। अकेली। पत्नी के चेहरे पर बहे हुए आँसुओं के निशान थे जो कई बार अपनी साड़ी के आँचल से मुँह साफ़ करने के बावजूद बचे रह गये थे। पत्नी को देख वह उठ खड़ा हुआ, यह भूल कि वह अब कुत्ता बन गया है और पत्नी उसे नहीं पहचान पायेगी। पत्नी झोंपड़ी की देहरी तक आयी, पर उसने दरवाज़े का ताला नहीं खोला, वह देहरी पर ही बैठ गयी। वह बैठी तो देहरी पर उसकी थकान बैठी। वह बैठी तो देहरी पर उसकी उदासी बैठी। वह बैठी तो देहरी पर उसका दुःख बैठा। कुत्ता बन गया सिबू पत्नी के ठीक बाज़ू में खड़ा था। उसने सोचा कि यह बच्चों को कहाँ छोड़ी होगी? फिर सोचा कि छोड़ी होगी अपने माँ-भाई के घर जो थोड़ी ही दूरी पर इसी मोहल्ले में रहते थे और वह निश्चिन्त हो गया। कुछ ही क्षण बाद, देहरी पर बैठी पत्नी अचानक रोने लगी। वह हिचक-हिचककर रो रही थी। रोते-रोते उसने अपना हाथ, अपने पास खड़े कुत्ते की ओर बढ़ाया जो जाने कब से बहुत ग़ौर से, किसी उम्मीद में, उसकी ओर देख रहा था। उस कुत्ते के देखने में उदासी थी। उस कुत्ते के देखने में दुःख था। उस कुत्ते के देखने में प्रेम था। रोती हुई पत्नी अपने बाज़ू में खड़े कुत्ते से लिपट गयी। अब वह आश्चर्यचकित थी कि उस कुत्ते की देह में सिबू की गन्ध थी। थी मनुष्य-गन्ध। पत्नी ने चौंककर एक क्षण के लिए अपना सिर ऊपर उठाया और फिर कुत्ते को कसकर अपने से लिपटा लिया। इतनी कसकर कि सिबू को लगा कि वह अपनी साँस खो रहा है। तभी पत्नी की पकड़ ढीली हुई और सिबू को पत्नी की गन्ध आयी। वही चिर-परिचित गन्ध जो उसे हमेशा खींचती थी और जिसमें बाहर की कोई नक़ली गन्ध शामिल नहीं थी। वह एक मेहनतकश स्त्री की पसीने से महकती पवित्र गन्ध थी। उसकी आँखों में आँसू छलक आये। वह उस तरह कुत्ता बनने के बाद भी नहीं रो पाया, जिस तरह उसके लिए गहरे दुःख में रो रही थी उसकी पत्नी। पत्नी बहुत देर तक रोती रही। रोती रही और बार-बार कुत्ता बन चुके सिबू से लिपटती रही। गर्मी के दिनों की ढलती दोपहर थी। ढलती दोपहर में लू थी। पर सच यह था कि वे दोनों इससे बेपरवाह थे। जब पत्नी रोते-रोते थक गयी तो उसने हवा की गर्मी को महसूस किया। उठी वह। उसने झोंपड़ी में लगा ताला, अपने आँचल में बँधी चाबी से खोला और झोंपड़ी के भीतर चली गयी। कुत्ता बन गया सिबू भी, पत्नी के पीछे-पीछे झोंपड़ी के भीतर घुसने लगा। उसकी पत्नी घुसते हुए कुत्ते को देखा। दरवाज़े के दोनों पल्ले, बन्द होने के लिए, पत्नी के दोनों हाथों में थे। एक क्षण पत्नी कुछ सोचती ठिठक खड़ी रही। फिर उसने

दोनों पल्लों को पूरा खोल दिया कि कुत्ता आसानी से भीतर आ सके। आश्चर्य था कि एक कुत्ता घर में घुस रहा था, पर उसके साथ नहीं घुस रही थी कुत्ते की गन्ध घर में। घर में घुस रही थी मनुष्य-गन्ध। गन्ध सिबू की।

यह पृथ्वी आश्चर्यों से भरी पड़ी है। पृथ्वी को आती है आश्चर्यों की गन्ध। ईश्वर भी एक आश्चर्य है। मनुष्य को आती रहती है ईश्वर की गन्ध और उसे यह पता नहीं रहता है कि ईश्वर की गन्ध यह कहाँ से आ रही है? सिबू आश्चर्य की उस गन्ध के इन्तज़ार में है, जिसके पास आते ही वह कुत्ते से फिर मनुष्य बन जायेगा।

हत्यारा

वह बीच रात का समय था। गहरी नींद का समय। आसमान से तारे ग़ायब थे। ग़ायब था चन्द्रमा। आसमान काले बादलों से भरा था। यह ऐसा आसमान था जो बारिश के दिनों में कभी-कभी रात भर ठहरा रहता है। ठहरे काले आसमान के नीचे, बग़ीचा गहरे अँधेरे में डूबा हुआ था। उस गहरे अँधेरे को ध्यान से सुनो तो उसमें, घोंसलों के भीतर सो रही चिड़ियों की साँसों की महीन आवाज़ आ रही थी, जिसे सिर्फ़ अँधेरे में डूबे पेड़-पौधे ही सुन पा रहे थे। सुन नहीं पा रहा था और कोई। पेड़-पौधे भी इसलिए सुन पा रहे थे कि पत्तियों की सरसराहट, पेड़-पौधों के पास अभी बिल्कुल नहीं थी। अभी हवा चुप थी और बग़ीचे का हर पेड़ और हर पौधा जैसे साँसें रोके खड़ा था—सो रही चिड़ियों की साँसों को सुनता। इस तरह, इस समय, चिड़ियों की गहरी नींद, अँधेरे से लिपटी हुई चिड़ियों के पास थी। थी और पेड़-पौधों के पास भी। इस गहरे अँधेरे में, चिड़ियों की नींद के भीतर, पेड़-पौधों-फूलों की महक उतर रही थी धीरे-धीरे। अँधेरे के पास कोई महक नहीं थी। अँधेरे के पास कभी कोई महक रहती नहीं थी।

बग़ीचे के गहरे अँधेरे में रखी लोहे की एक बेंच पर, एक आदमी बैठा था। उसका सिर सामने की ओर इतना झुका हुआ था कि उसकी गरदन के ठीक निचले हिस्से की, दो उभरी हड्डियों के बीच की जगह को, उसकी ठुड्डी बस छूते-छूते रह गयी थी। सिर ठीक उतना झुका हुआ था, जितना कुछ सोचते हुए, हमेशा आदमी का सिर झुक जाता है। अँधेरे की गहराई में, बेंच पर बैठी उस आदमी की आकृति, गहरे अँधेरे की आकृति थी, जिसके मुँह में, बहुत छोटी एक गोल लाल रोशनी, क्षण भर के लिए जल रही थी और अपने नीचे की ओर ढेर-सा सफ़ेद धुआँ फैलाते बुझ रही थी। धुआँ जैसे उस आदमी के घुटनों से टकराकर फैल रहा था। यह जलना-बुझना बहुत ही बेचैन-सा जलना-बुझना था। लगातार कँपकँपाते हाथ में थमा हुआ था यह

जलना-बुझना। इस जलने-बुझने की बेचैनी को उस फैलते धुएँ से भी पहचाना जा सकता था जो उसके घुटनों से टकराकर, अँधेरे को फीका करने की कोशिश कर रहा था। यह उतना ही बेचैन जलना-बुझना था, जैसे न चाहते हुए भी कोई आदमी हवा में ठण्ड से काँपता उड़ जाये ऊपर और उसे यह समझ न आये कि वह यहाँ आसमान में आ कैसे गया है?

वह आदमी अब इस शहर में, बिल्कुल अकेला रह गया था। सच तो यह था कि उसने आज ही रात ग्यारह बजकर दस मिनट पर, अपने को बिल्कुल अकेला कर लिया था। सच यह भी था कि उसे ठीक-ठीक पता नहीं था कि उसने आज रात के ठीक ग्यारह बजकर दस मिनट पर अपने को अकेला कर लिया है। कोई उससे पूछता तो वह ठीक-ठीक इस समय को नहीं बता सकता था। उत्तेजना हमेशा समय को खो देती है। उत्तेजना के साथ, उत्तेजना के आसपास, सिर्फ़ उत्तेजना रहती है। उत्तेजना मस्तिष्क को भी खो देती है। वैसे देखा जाये तो उसके लिए, यह बात ज़्यादा महत्त्वपूर्ण थी कि उसने अपने हाथों, इस शहर में अपने को अकेला कर लिया है, जिस शहर में पाँच साल पहले वह अकेला आया तो था, पर अकेला रहा नहीं था। यह तो क़तई महत्त्वपूर्ण नहीं था कि उसने आज रात ठीक कितने बजे अपने को अकेला किया है। इस तरह इस अकेले आदमी के पास से, ग्यारह बजकर दस मिनट के उस समय को जाने दिया जा सकता था, जिसने उसे इस जगह पर अकेला बैठा दिया है।

बग़ीचे का माली, उस लोहे की बेंच पर बैठे आदमी को, शायद बीच रात कभी नहीं देख पाता, अगर वह अपनी उम्र की उस जगह पर नहीं होता जो रात में दो से तीन बार पेशाब के लिए उठा देती है। गहरी नींद में पेशाब की टनटनाहट उसके भीतर होने लगती है और बहुत देर तक, उठने से अपने को रोक पाना उसके लिए मुश्किल हो जाता है। पर वह जब भी पेशाब के लिए उठता है, अपने कमरे से बाहर झाँक लेता है और बग़ीचा उसे कभी गहरे अँधेरे, तो कभी हल्के अँधेरे, तो कभी सुबह के नीले अँधेरे में मिलता रहता है, क्योंकि इस कॉलोनी के बग़ीचे और स्ट्रीट की बत्तियाँ रात बारह बजे बन्द कर दी जाती थीं कि बिजली के बिल की बचत की जा सके। वह बग़ीचे को एक बार देखता और जाकर फिर सो जाता था अपने कमरे में। कमरा बग़ीचे से लगी पानी की टंकी के नीचे है। पानी की टंकी इतनी ऊँची और बड़ी है

कि उसके नीचे बना यह छोटा-सा कमरा जिसमें वह रहता है–किसी को एक बार में दिखता भी नहीं है। बग़ीचा उस पानी की टंकी को छूते ही ख़त्म होता है और उसके कमरे के ठीक सामने, पास-पास खड़े, गुड़हल के फूलों के तीन बड़े पेड़ों के कारण, उसका कमरा पेड़ों के हरे गुच्छे-सा दिखता है, जिसमें गुड़हल के लाल फूल, अँधेरे में भी चमकने की कोशिश करते रहते हैं। माली ने इन तीन गुड़हल के पौधों को जब यहाँ रोपा था तो इनके बीच चार-चार फ़ुट की दूरी रखी थी। गुड़हल के पेड़ों ने बड़ा होकर इस दूरी को मिटा दिया था और माली का कमरा उनके पीछे छिप गया था। सच कहें तो वह कई बार माली को भी अपना कमरा नहीं दिखता है। कमरे की जगह गुड़हल के पेड़ों का झुण्ड ही दिखता है। शायद यह इसलिए भी है कि वह इस बग़ीचे का माली है और पेड़ों को ध्यान से देखने की उसके भीतर आदत है। वह पेड़ों और पौधों को ध्यान से देखकर, उनमें जलते और बुझते, उनके जीवन को देखता था। अगर पेड़-पौधों को एक माली ध्यान से न देखे तो यह कभी पता नहीं चलेगा कि उनका जीवन कब बुझने वाला है और बुझने से पहले उसे कैसे जलाये रखा जा सकता है। कह सकते हैं कि माली पेड़-पौधों का चिकित्सक होता है। ऐसा चिकित्सक जिसके पास मरीज़ को जाना नहीं पड़ता है। चिकित्सक ख़ुद बग़ीचे में घूम-घूमकर खोजता रहता है मर्ज कि उसका इलाज कर सके। पर अँधेरे में, यह जो बाहर झाँकने की आदत इस माली के भीतर बैठी हुई है, वह इसलिए है कि कभी वह चौकीदार रहा है और रात भर, एक कमरे में या कमरे के बाहर, सोये-खड़े-चलते-उठते-बैठते उसे चौकीदारी करनी पड़ी है। इससे समझा जा सकता है कि पेशाब की टनटनाहट से खुली नींद में, वह दरवाज़ा खोलकर बाहर क्यों झाँक लेता है?

पहले माली थोड़ा हिचका यह सोचकर कि उस आदमी तक उसे जाना चाहिए या नहीं, जिसे वह इतनी दूर से गहरे अँधेरे के कारण, ठीक से देख नहीं पा रहा था और पहचान पाना तो बहुत मुश्किल ही था। वैसे भी यह उसका काम नहीं था। वह यहाँ माली था, चौकीदार नहीं था। वह चाहता तो दरवाज़ा बन्द कर वापस फिर सो सकता था। वह सोच सकता था कि बेंच पर बैठा है जो आदमी, इसी कॉलोनी का ही होगा, नहीं तो इतनी रात सिगरेट धूँकते, बाहर का आदमी कैसे यहाँ बैठ सकता है? पर उस समय माली ने यह सब सोचा नहीं और उस आदमी की ओर बढ़ गया। बढ़ने से पहले बस उसने इतना किया कि अपनी पट्टेदार चड्डी के ऊपर एक लाल रंग का पंछा लपेट लिया जो उसकी कमर में बाँधने और बदन पोंछने–दोनों के काम आता था। ऊपर उसने सिर्फ़ एक सफ़ेद बनियान पहन रखी थी, जिसमें उसके सीने की हड्डियाँ, बनियान की सफ़ेदी में, बहुत ध्यान से देखने पर, हल्की उभरी-सी

दिख रही थीं। जिससे यह साफ़ पता चल रहा था कि इस उम्र में जो तेज़ी से बुढ़ापे की ओर फिसल रही थी, वह माली के काम में यहाँ कितना खट रहा था। दिन में इस तरह वह आधे-अधूरे कपड़े में नहीं निकल सकता था कि इस कॉलोनी में उसका 'ड्रेस-कोड' तय था, जिसमें इस तरह बाहर निकलना, नंगा निकलने-सा ही था। सच यह था कि माली एक अच्छा आदमी था और अच्छा आदमी होने की अपनी दिक़्क़तें होती हैं, जिन्हें वे लोग कभी नहीं समझ पाते जो अच्छे आदमी नहीं होते हैं।

माली के कमरे से, उस बेंच की दूरी बमुश्किल बीस मीटर थी। जैसे-जैसे माली बेंच के क़रीब आता गया, बग़ीचे का गहरा अँधेरा झरता गया धीरे-धीरे : अँधेरे को देर तक देखो तो आँखें अँधेरे की अभ्यस्त हो जाती हैं और अँधेरा धुँधलाते हुए झरने लगता है!

माली, बेंच से तीन क़दम दूर खड़ा था। पर उस आदमी का सिर झुका ही रहा। समझ नहीं आ रहा था कि वह सो रहा था या सोच रहा था। सिगरेट के बहुत से टोटे उसके पैरों के आसपास घास पर बिखरे पड़े थे। सिगरेट का खुला पैकेट उसकी दाहिनी ओर बेंच पर रखा हुआ था, जिसमें बस एक सिगरेट बची थी। एक बुझी हुई सिगरेट अब भी उसके ओठों पर फँसी हुई थी। पर बुझी सिगरेट से यह अनुमान नहीं लगाया जा सकता है कि वह आदमी सो रहा है या सोच रहा है। बुझी सिगरेट ओठों पर, सोते हुए भी फँसी रह सकती है और सोचते हुए भी।

माली कुछ देर खड़ा रहा, उस आदमी की झपकी या सोचने से बाहर आने के इन्तज़ार में। फिर उसका धैर्य जवाब देने लगा। पहले वह एक क़दम आगे बढ़ा। ठिठका। बढ़ा फिर एक क़दम और आगे। ठिठका। बैठ गया फिर घास पर, जिसमें रात में कभी हुई बारिश, हल्की होकर बैठी हुई थी। इस बार बैठकर ठिठका। बारिश के घास पर ठहरे गीलेपन को, (माली के बैठने की जगह भर) उसके कन्धे में बँधा पंछा सोखने लगा। माली का ध्यान उधर बिल्कुल नहीं था। वह बेंच पर बैठे आदमी के झुके चेहरे को देख रहा था। यह अन्दाज़ लगाने के लिए कि वह सो रहा है या जाग रहा है। तभी आदमी ने हल्का-सा अपना सिर ऊपर उठाया, जैसे उसका सिर नींद में या सोचने में या झपकी में ही ऊपर उठ गया हो। अब माली धुँधले अँधेरे में भी उसे साफ़-साफ़ देख सकता था। वह मुश्किल से पैंतीस-चालीस बरस का आदमी था। जिसके पास बिखरी-सी काली दाढ़ी थी। काली घनी मूँछें थीं। सिर के बाल बिखरे हुए थे, पर थे घने इतने कि जब वह कंघी करता होगा तो कंघी बालों में धँस जाती होगी। वह मोटे फ्रेम का एक काला चश्मा पहना हुआ था, जिसके लेंस

के भीतर उसकी लाल आँखें थीं, जिन्हें देखकर यह नहीं बताया जा सकता था कि वे रोने के कारण लाल थीं या थीं लाल रात भर जागने के कारण और न अभी माली को उसकी वे लाल आँखें दिख रही थीं। बस चेहरा दिख रहा था, जिसके पास मुँदी हुई आँखें थीं। उसका चेहरा माली के लिए देखा-सा चेहरा था। वह उसे नाम से नहीं जानता था, बस चेहरे से जानता था। नाम से वह अपने जैसे इस कॉलोनी में काम करने वालों को ही जानता था। रहवासियों को वह ज़्यादातर चेहरे से ही जानता था। रहने वालों के कुछ नाम ज़रूर यहाँ-वहाँ से उड़कर उस तक पहुँचते थे और उन्हें वह याद रखने की कोशिश करता। कुछ याद रहते और कुछ वापस उड़कर ग़ायब हो जाते थे। पर बेंच पर बैठे, इस आदमी का नाम, ना उसके पास उड़कर आया था, न उड़कर ग़ायब हुआ था। माली यह ज़रूर जानता था कि यह आदमी ठीक अपने पीछे खड़ी इमारत की चौदह में से किसी एक मंज़िल में रहता है। यह बग़ीचा इसी तरह की चौदह मंज़िली तीन इमारतों से, अपने तीन छोरों पर घिरा था। चौथा छोर वह था, जिधर से माली आया था, जहाँ पानी की ऊँची टंकी थी और माली का नहीं दिखता-सा एक कमरे का घर था और उसके पार एक छोटा क्लब हाउस था, जिसकी तरफ़ हमेशा माली की पीठ रहती थी और जिसे माली कभी देखना चाहे तो भी नहीं देख सकता था, क्योंकि क्लब हाउस के भीतर कोई बग़ीचा नहीं था। क्लब हाउस के पीछे एक चौड़ा गहरा नाला बहता था, जिसके बहने की आवाज़ उसमें बह रही गन्दगी के कारण कभी नहीं आती थी। कभी तेज़ हवा दिशा बदलकर चलती तो नाले की बू माली के कमरे में भर जाती थी।

बेंच पर सिर झुकाये बैठे आदमी को, अपने क़रीब किसी के होने का आभास हुआ। वह सोच से बाहर आया या आया नींद की झपकी से बाहर, ठीक कह नहीं सकते, पर उसने अपनी आँखें खोलीं और उसे माली दिखा, ठीक अपने सामने–नीचे घास पर बैठा। बैठा और एकटक देखता अपनी ओर। वह आदमी भी माली को एकटक देखने लगा। उस आदमी के चेहरे पर 'क्या है?' का सवाल चिपका हुआ था। साफ़ दिख रहा था कि माली को अपने सामने देख वह बिल्कुल भी ख़ुश नहीं हुआ था, पर वह हड़बड़ाया भी नहीं था। वह आदमी अपनी बर्फ़-सी ठण्डी, लाल आँखों से माली को घूर रहा था।

उस आदमी की नज़रें इतनी तीखी थीं कि माली हड़बड़ाकर खड़ा हो गया और खड़े होते-होते उसने कहा, "बाबू यहाँ क्यों...घर में आराम करिए..."

माली खड़ा रहा। वह आदमी उसे घूरता रहा। ऐसा लगा उसने वह सुना ही नहीं जो माली ने अभी-अभी कहा है। उसने अब माली के बाहर देखना शुरू किया। पहले अपने को देखा सीने से लेकर पैरों तक। देखा फिर बेंच को दाहिनी ओर, जिसमें सिगरेट का पैकट रखा था। फिर वह बेंच के बायीं ओर देखने लगा, जहाँ कुछ नहीं था, बस थी बेंच की ही लोहे की ठण्डी पट्टियाँ जो हरे रंग से रँगी हुई थीं। फिर बैठे-बैठे ही वह पलटकर पीछे अपने अपार्टमेंट को देखने लगा। देखने लगा तेरहवीं मंज़िल की ओर। अपने अपार्टमेंट की बन्द खिड़की से आती मद्धिम रोशनी को वह देखने लगा। उस चौदह मंज़िल इमारत से, बस एक खिड़की रोशनी में झाँक रही थी जो उसके अपार्टमेंट की थी। सोचा उसने इसी क्षण कि ओह, वह कमरे की लाइट बन्द करना तो भूल ही गया है। वह सोचने लगा कि यह ग़लती कितनी बड़ी साबित हो सकती है। फिर तुरन्त ही उसने सोचना छोड़ दिया।

"अगर आप चाहें तो मैं आपको आपके घर तक पहुँचा सकता हूँ..." माली ने भी उस आदमी के अपार्टमेंट की रोशनी में झाँकती खिड़की को देखते हुए कहा। माली को लगा कि यही उस आदमी का घर होगा जिसकी एक खिड़की रोशनी में झाँक रही है और माली ने सोचा कि हो सकता है बेंचवाले आदमी की तबीयत ख़राब हो।

उस आदमी ने अपने ओठों से लगी, बुझी सिगरेट को जलाया। तीली की रोशनी में उसका झुका हुआ चेहरा चमका। झुके हुए चेहरे में गहरा सन्तोष, अजीब-सी बेचैनी के साथ था। उसने सिगरेट का एक गहरा कश खींचा। इतना गहरा कश जैसे बची सिगरेट को एक कश में ही पी जाना चाह रहा हो। उसके बाद वह थोड़ी देर, माली की ओर देखता रहा—घूरता।

"नहीं, मैं घर जाना नहीं चाहता..." उस आदमी ने कहा। उसकी आवाज़ थोड़ी खरखराती और गले में फँसी-सी बाहर आयी थी, जैसे बहुत देर बाद उसने कोई वाक्य बोला हो या कुछ इस तरह कि वह नहीं बोलना चाह रहा हो और उसे बोलना पड़ा हो। ठीक इसी समय उस आदमी ने मन ही मन यह सोचा कि यह माली साला कहाँ से टपक पड़ा। सोचा कि वह अचम्भित ग़लतियाँ करता जा रहा। पहली कि उसने अपने अपार्टमेंट की लाइट खुली छोड़ दी और दूसरी यह माली, अगर वह बग़ीचे में आकर बैठता नहीं, तो यह मिलता भी नहीं। यह लाइट खुली छोड़ आने से ज़्यादा बड़ी ग़लती थी और अब इससे छुटकारा पाना मुश्किल काम होने वाला था।

बेंचवाला आदमी, माली को अब भी घूर रहा था। फिर कुछ सोच उसने माली से पूछा, "अभी समय क्या हुआ होगा?"

"एक से कुछ अधिक हो गया होगा, बाबू।" माली ने अपने अन्दाज़ से बताया।

"हूँ...अगर तुम्हें कोई दिक़्क़त न हो तो तुम बैठ जाओ...तुम मुझे खड़े हुए बहुत अजीब लग रहे हो...यह अजीबपन तभी ख़त्म हो सकता है कि या तो मैं खड़ा हो जाऊँ या तुम बैठ जाओ..." उसने बहुत मुलायम आवाज़ में माली से कहा। उसकी आवाज़ माली के ऊपर उसे सहलाती-सी गिरी। वह फिर चुप हो गया। पर इस बार उसके पास सोचने की चुप्पी थी जो उस आदमी और माली के बीच, कुछ क्षणों तक पसरी रही।

इसके बाद, उस आदमी ने अपनी नज़रें, फिर माली के चेहरे पर गड़ा दीं और देर तक माली को घूरता रहा। फिर वह कुछ सोचने लगा–अपना सिर ऊपर उठाकर। सोचता रहा। उसके बाद अपने बालों से ढँकी ठुड्डी को खुजलाते हुए वह मुस्कुराया और उसने कहा, "अब मैं अकेला रह नहीं पाया हूँ तुम्हारे आ जाने से तो अब मेरे अकेले रहने का कोई फ़ायदा भी रह नहीं गया है, इसलिए मैं तुम्हें रुकने को कह रहा हूँ...मैं तुम्हें बता सकता हूँ कि मैं यहाँ आधी रात इस बेंच पर क्यों हूँ...अब यह जानना तुम्हारे लिए कितना ज़रूरी होगा यह, मैं नहीं समझ पा रहा हूँ...पर मैं चाहता हूँ कि तुम जानो...क्योंकि मैं चाहता हूँ कि कोई तो जाने...मैंने उस बात को, यहाँ बैठे-बैठे अपने को तो कई बार कह चुका हूँ...पर अपने को कहने से, कहे जैसा मुझे लग नहीं रहा है...वैसे अगर तुम जाना चाहो तो जा भी सकते हो...मुझे सुनना कोई मजबूरी नहीं है तुम्हारे लिए...और ज़रूरी तो बिल्कुल भी नहीं है...चाहो तो तुम अभी जा सकते हो...वैसे चला जाना तुम्हारे लिए ठीक ही होगा...बस तुम्हें यह करना होगा कि तुम यह भूल जाओ कि तुमने मुझे देखा है...तो चाहो तो तुम यह सोच सकते हो कि तुमने मुझे सपने में देखा है...मैं नहीं जानता कि तुम चीज़ों को भूलने में कितने माहिर हो और भूलने के लिए कौन से तरीक़े इस्तेमाल करते हो... तुम नहीं भूल पाये तो मेरा क्या होगा, यह तुम सोच भी नहीं सकते!" यह कहते हुए, वह आदमी इस लालच से देख रहा था कि माली उसे सुनने नीचे बैठ जाये। साफ़ लग रहा था कि वह बिल्कुल नहीं चाह रहा है कि माली वापस अपने घर लौट जाये। उस आदमी ने इसी बीच, टंकी के नीचे बने और गुड़हल के पेड़ों के बीच से झाँकते माली के कमरे को सिर घुमाकर एक क्षण के लिए देखा था। यह इतना त्वरित देखना था कि माली इस देखने को पकड़ ही नहीं पाया। माली देख भी लेता तो उस आदमी के इस देखने को समझ पाता, यह नहीं लग रहा था।

माली ने जवाब में कुछ नहीं कहा। उसने बस यह सोचा कि पता नहीं यह आदमी यह सब क्या बोल रहा है? दरअसल उस आदमी का बोला, माली को

ठीक-ठीक समझ नहीं आया। माली को यह भी लगा कि ज़रूर यह आदमी थोड़ा सरका हुआ है। माली उस आदमी के सामने बैठ गया घास पर, जैसे वह पहले बैठा था, जब वह आदमी उसे देख नहीं पाया था और अपने भीतर कहीं खोया हुआ था। सच यह था कि माली के जीवन में बरसों बाद, कुछ अलग-सा घट रहा था और इस अलग से घट रहे को माली खोना नहीं चाह रहा था।

उस आदमी ने, बेंच से सिगरेट के पैकेट को उठाया और उसमें बची आख़िरी सिगरेट को ओठों के बीच जलाकर, एक गहरा कश लिया और ढेर-सा धुआँ माली के मुँह की ओर छोड़ते हुए कहा, "मैंने शायद पूरा पैकेट फूँक डाला है..." यह कहते हुए वह हल्का-सा मुस्कुराया, "अजीब बात है न कि मुझे पता ही नहीं है कि मैं कितनी सिगरेट पी गया हूँ!"

माली घास पर गिरे सिगरेट के टोंटों की ओर देखने लगा। लगा उसे कि वह उन्हें गिन ले। पर उसने जाने दिया। वह अपना पूरा ध्यान उस आदमी पर रखना चाह रहा था।

ठीक इसी समय माली को भी बीड़ी सुलगाने की इच्छा हुई और उसने उसे दबाया और सोचा कि इस आदमी को सुनने के बाद, वह अपने कमरे में वापस लौटकर, बीड़ी जला लेगा। सच यह था कि माली के भीतर इस आदमी के सामने बीड़ी पीने की हिम्मत भी नहीं थी। उन दोनों के बीच मालिक और नौकर-सी दूरी थी। इस दूरी को पार करने में आमतौर पर पूरा जीवन लग जाता है और इसके बावजूद वह पार नहीं होती है।

उस आदमी ने बोलना शुरू किया, "वह जो खिड़की दिख रही है तेरहवीं मंज़िल पर, वह मेरे बेडरूम की खिड़की है...हाँ वही, जिससे पीली-सी रोशनी झाँक रही है..." बस इतना कह वह चुप हो गया।

माली, पीली रोशनी से भरी खिड़की की ओर देखते उस आदमी के आगे कहे जाने वाले वाक्यों का इन्तज़ार करता रहा।

वह आदमी अपने पहले वाक्य के बाद एक मिनट से कुछ ज़्यादा ही चुप रहा। फिर उसने कहा, "...वहाँ बिस्तर पर एक औरत पड़ी हुई है...एक मरी हुई औरत... और सच यह है कि वह किसी बीमारी या अचानक हार्टअटैक से नहीं मरी है... जैसा कि हो सकता था, पर ऐसा हुआ नहीं है...मैंने उसे मारा है..." वह कुछ क्षण फिर रुका। वह माली के चेहरे को देखने लगा, जहाँ अचानक भय और आश्चर्य एक साथ उतर आये थे। "...मनुष्य को मारना किसी चूहे को मारने जैसा कभी नहीं होता...पर मैं पिछले तीन माह से उससे छुटकारा पाने की कोशिश कर रहा था...

छुटकारा पाने का यह अर्थ नहीं है कि मैं उसे मारने की कोशिश कर रहा था...हाँ, मैं यह कभी-कभी सोचता था, पर मैं कभी कर नहीं पाया था...और आज मैं कर पाया...अचानक! ओह, आज की रात कितनी अँधेरे में डूबी हुई है...मैंने अपनी उस रोशनी देती खिड़की से इस रात को देखा...बाहर कुछ नहीं था, बस घना अँधेरा था...और मुझे लगा कि अँधेरे में कहीं कोई नहीं है...कुछ नहीं है, बस मेरा वह कमरा है...अँधेरे ने सबकुछ जैसे ग़ायब कर दिया था...तो जो हुआ वह इस रात के अँधेरे ने कर दिया है...सच कहूँ तो मैं उसे मारना नहीं चाहता था...पर बाहर और भीतर दोनों तरफ़ घना अँधेरा हो तो सोचना बहुत मुश्किल हो जाता है...मैं कुछ सोच ही नहीं पाया...अब मुझे लगता है कि यह जो होता है, अचानक ही होता है... तुम सोचते कहाँ हो कि यह हो जायेगा...मैं बहुत ग़ुस्से में था...मुझे इतने ग़ुस्से में नहीं आना था...पर हो गया अचानक...मैंने ग़ुस्से में ही अपना तकिया उठाया और उसके चीख़ते-चिल्लाते मुँह पर रख दिया...उसका चीख़ना-चिल्लाना तो तकिया का दबाव जैसे-जैसे बढ़ता गया, वैसे-वैसे गों-गों की विचित्र आवाज़ में बदलता गया, उसकी गों-गों के साथ कुछ देर तक उसके बिस्तर पर पैर पटकने की आवाज़ बनी रही...फिर सब शान्त हो गया...इतना शान्त कि एक फूल गिरे और उसके गिरने की आवाज़ वहाँ उठे...तब मुझे लगा कि मैं इसे ही पाना चाहता था...जाने कब से... इस एकदम शान्त जगह को, जिसमें कोई आवाज़ न हो...जहाँ फूल का गिरना भी एक आवाज़ हो जाये...यह मैं इसलिए कह रहा हूँ कि उस औरत की आदत थी कि उसने हर कमरे में गुलदस्ता रखा हुआ था और उन्हें वह रोज़ ताज़े फूलों से सजाती थी...पर पता नहीं क्या था कि उन फूलों की ख़ुशबू शुरू में तो मुझे आती रही, पर इधर कुछ महीनों से उसके सजाये फूलों ने, मेरे लिए महकना बन्द कर दिया था... मुझे उन फूलों की ख़ुशबू, उन पर अपनी नाक लगा देने पर भी नहीं आती थी...उस औरत के सजाये फूल सिर्फ़ उसके लिए महकते थे...तुम माली हो फूलों को मुझसे ज़्यादा जानते हो...तो हो सकता है, तुम्हें मेरी यह बात विचित्र लगे, पर मैं सच कह रहा हूँ कि फूल मेरे लिए नहीं महकते थे...पर कुछ भी कहो, मुझे अद्भुत लगी यह शान्ति...पता नहीं कब से, मैं इसे पाना चाह रहा था...पर थोड़ी देर बाद ही मुझे लगा कि उस शान्त समय के साथ, एक औरत की लाश भी वहाँ पड़ी हुई है...अब मैं क्या करूँ, यह मुझे समझ नहीं आ रहा था...मैं एक लाश के साथ नहीं रहना चाहता था, इसलिए नीचे आ गया...लाश के साथ रहना बहुत मुश्किल होता है...पहले मैं लिविंग रूम में जाकर बैठा, पर मैं इस बात को नहीं भूल पा रहा था कि ठीक मेरी पीठ के पीछे एक लाश है...मुझे लग रहा है, आदमी लाश के साथ नहीं रह पाने

के कारण, उससे जल्दी से जल्दी छुटकारा पाना चाहता है...पकड़े जाने से बचा रहना भी इसमें शामिल रहता होगा, पर शायद लाश के साथ नहीं रह पाना, लाश को ठिकाने लगाने का दबाव, मन के भीतर ज़्यादा बनाता होगा..."

वह आदमी फिर चुप हो गया था और माली के चेहरे की ओर देखने लगा था। जहाँ उसे डर की घनी छाया दिखी। माली का चेहरा डर से इतना काला पड़ गया था कि अँधेरे में डूब गया था। वह समझ गया कि माली के चेहरे पर जो डर है, वह उसके लिए ही है। एक हत्या की सज़ा उतनी ही है, जितनी चार हत्याओं की हो सकती है। वह यह भी जानता था कि हत्या कर हर बार पकड़ा जाना ज़रूरी नहीं है। आदमी बच भी जाता है और कभी पकड़ में नहीं आता है। पकड़ आ भी गया तो सबूत के अभाव में सन्देह के लाभ पर छूट जाता है। वह यही उम्मीद कर रहा था कि वह पकड़ा न जाये। लाश को निपटाने के लिए उसे माली की मदद की ज़रूरत थी। माली को उस आदमी ने यह बात बतायी ही इसलिए थी कि वह उसे अपनी सहायता के लिए फाँस लेना चाहता था। उसने माली से यह झूठ बोला था कि वह उस औरत को मारना नहीं चाहता था। सच यह था कि वह तीन महीने से इस कोशिश में था कि उस औरत से पिण्ड छुड़ा सके। उसके पास सुनी-पढ़ी हत्याओं के बहुत से विवरण थे। वह हत्या के उस तरीक़े का इस्तेमाल करना चाहता था, जिसमें पकड़े जाने का ख़तरा सबसे कम हो। उसने इन तीन महीनों में हत्या को तीस तरह से सोचा था। इस सोचने में घूम-फिर कर वह अन्त में, तीन जगहों पर पहुँचता था। एक हत्यारे की तरह कि हत्या कैसे की जाये? दूसरा जिसकी हत्या होनी है, उसकी तरह कि उसे हत्या होने से ठीक पहले तक यह पता न चले कि उसकी हत्या होने वाली है। तीसरा पुलिसवालों की तरह कि हत्या के बाद क्या-क्या सबूत वे खोज सकते हैं।

जिसे मरना था, वह उस आदमी की पत्नी नहीं थी। थी बस उसकी प्रेमिका। इस शहर में आने के बाद, वह उसे अचानक मिली थी। वह भी किसी और छोटे-से शहर से आयी थी–इस बड़े शहर में नौकरी ढूँढ़ने। जिस कॉर्पोरेट बिल्डिंग में उस आदमी का ऑफ़िस था, उसकी एक लिफ़्ट पर वह उसे मिली थी। बन्द होती लिफ़्ट पर वह झपटी थी कि लिफ़्ट के बन्द होने से पहले वह उसके भीतर आ सके। वह लिफ़्ट के भीतर आयी तो उसकी इस हड़बड़ी पर, उसे देखकर वह मुस्कुराया था। वह भी देखकर मुस्कुरायी थी। वह सुन्दर लड़की थी और मुस्कुराते ही और ज़्यादा सुन्दर हो गयी थी। वह लड़कियों से बातचीत में माहिर आदमी था तो उसे इस लड़की के साथ कोई परेशानी नहीं हुई। लिफ़्ट के पार्किंग फ्लोर तक पहुँचने पर, उस लड़की को लगने लगा कि वह कितना अच्छा आदमी है और जाने कब से वह

उसे जानती है। उस आदमी ने उस जगह तक, अपनी कार में, लड़की को छोड़ा, जहाँ वह अपनी किसी परिचित के पास कुछ दिनों के लिए रुकी हुई थी। लड़की के लिए यह शहर नया था। लड़की के लिए वह आदमी भी नया था। लड़की के लिए शहर नया ही रहा, पर वह आदमी मिलते ही पुराना हो गया, जैसे लड़की उसे पता नहीं कब से उसे जानती हो। इस तरह हुआ यह कि वह लड़की, अब बस उस आदमी के लिए हँसने-बोलने लगी। वह लड़की उस आदमी के लिए सजने-सँवरने लगी। लड़की को पता ही नहीं चला कि कब वह उस आदमी के लिए जीने-मरने लगी। जीने-मरने लगी तो जल्द ही उस आदमी के साथ, उस आदमी के घर में रहने-बसने लगी वह लड़की। यह एकतरफ़ा नहीं था कि लड़की उस आदमी के जादू में रहने लगी थी, वह आदमी भी, ठीक उस लड़की की तरह ही, उस लड़की के जादू में रहने लगा था। जादू जब बोलता है तो सर चढ़कर बोलता है। पर हुआ यह कि लड़की के भीतर, आदमी का जादू, सर चढ़ा रहा लम्बे समय तक, पर आदमी के सर से, लड़की का जादू, बहुत जल्दी तो नहीं, पर आख़िरकार धीरे-धीरे उतर ही गया। यह भी कह सकते हैं कि आदमी कमीना था और किसी एक स्त्री का होकर रह नहीं सकता था, स्त्री की एक देह को पा लेने के बाद, लम्बे समय तक उसी देह पर टिका रहना उसके लिए मुश्किल था, जबकि इस लड़की के साथ वह तीन साल बिता चुका था और यह उसकी लगभग चालीस बरस की उम्र में किसी एक लड़की के साथ बिताया गया, सबसे अधिक समय था। सच तो यह था कि यह लड़की ऐसी थी कि अब भी उसके सर पर, लड़की का जादू कभी चढ़ जाता और कभी उतर जाता था। तो इस तरह उन दोनों को एक-दूसरे के जादू के साथ-साथ रहते हुए, अच्छा-ख़ासा समय हो गया था। पर पिछले लगभग तीन महीनों में यह हुआ कि आदमी के सर से लड़की का जादू जो उतरा तो फिर वापस चढ़ा ही नहीं। आदमी समझ गया कि अब वह उस लड़की के साथ नहीं रह सकता है। उसने मुक्ति की कोशिश की। समझाया लड़की को कि अब हमें अलग हो जाना चाहिए। हमारे बीच अब कुछ बचा नहीं है ऐसा, जिसे प्रेम कह सकें। बची बस कलह है। तुम्हें लगता नहीं कि हम एक-दूसरे का कहा एक वाक्य नहीं झेल पा रहे हैं। लड़की ने कहा कि तुमने जो कहा, यह तुम्हारा सच है। यह मेरा सच नहीं। तुम मुझसे ऊब गये हो। तुम्हें अब एक नयी औरत चाहिए। साले अय्याश आदमी! मैं तुम्हें क्यों छोड़ूँ? तुमने तीन बार मेरा एबार्शन कराया है। याद है न कि भूल गये हो? मैं बिना शादी के पत्नी की तरह रहती रही हूँ तुम्हारे साथ, जबकि तुम मुझसे उम्र में पन्द्रह साल बड़े हो। और सुनो, अगर मैं पुलिस में यह रिपोर्ट लिखवा दूँ कि शादी का लालच देकर

तुमने मेरा रेप किया है तो तुम जीवन भर जेल में सड़ोगे...और तब तुम, मुझसे अपनी रिहाई की भीख माँगोगे...डोलोगे मेरे आसपास समझौते के लिए...सोच लो, अगर मुझे पुलिस में रेप की रिपोर्ट लिखवानी पड़ी तो मैं फिर पीछे नहीं हटूँगी...तुम साले सड़ते रहना जेल में...घूम-फिर कर यही बातें उन दोनों के बीच पिछले तीन महीने से हो रही थीं। लड़की अब उसे रोज़ धमकी दे रही थी और आदमी रोज़ लड़की से ग़ाली-गलौच कर रहा था, जिसके जवाब में लड़की भी आदमी को बराबरी से ग़ाली दे रही थी। एक बार अगर किसी के अपमान के लिए अगर तुम्हारा मुँह खुल गया तो वह फिर खुला रह जाता है। उन दोनों का ही मुँह एक-दूसरे के अपमान के लिए खुला रह गया था। उनका साथ एक काले बदबूदार बजबजाते नाले में बदल गया था, जिसमें साफ़ पानी की कोई धारा कभी आती भी तो तुरन्त ग़ायब हो जाती थी। इसके बावजूद उस आदमी ने इन तीन महीनों में पाँच बार उस औरत के साथ सम्भोग, उसकी आधी-अधूरी सहमति या असहमति पर किया था और शायद औरत ने, उसका बहुत ज़्यादा विरोध इसलिए नहीं किया था कि वह उम्मीद कर रही थी शायद इससे सब कुछ पहले जैसा हो जाये। दूसरी बात यह भी थी कि सम्भोग के समय आदमी हमेशा शराब के इतने अधिक नशे में रहता था कि मना करने पर, वह बलात्-सम्भोग पर आ जाता था जो औरत के लिए ज़्यादा कष्टदायक होता था और उस आदमी के लिए ज़्यादा आनन्ददायक। ज़ाहिर है, औरत उस आदमी को उस आनन्द की आदत नहीं डालना चाह रही थी जो उसके लिए यातनाप्रद था। औरत ने यह भी सोचा था कि वह आदमी के सामने सम्भोग के समय मुर्दे की तरह पड़ी रहेगी, पर वह वैसा ठीक-ठीक कभी कर नहीं पायी थी कि वह सच में उस आदमी से प्रेम करती थी।

माली ने देखा कि आदमी चुप है और कुछ सोच रहा है। माली को लग रहा था कि इस आदमी के पास आकर उससे बड़ी ग़लती हो गयी है। वह पूरी तरह फँस चुका था। अब वह एक हत्या का साझेदार था, इसके बावजूद कि जिसकी हत्या हुई है, उस औरत को न तो माली ने हत्या के बाद देखा था और न उसे ठीक से जानता था। उस औरत का चेहरा उसने कभी देखा है या नहीं, यह भी वह सिर्फ़ लाश को देखकर ही बता सकता था जो अभी तेरहवीं मंज़िल से रोशनी फेंकती खिड़की के पीछे कहीं थी। वह इस साझेदारी से तभी बच सकता था जब वह इस आदमी के पास से भागकर, सीधे पुलिस के पास जाये या इसी कॉलोनी के किसी प्रभावशाली आदमी के पास जाये और यह कह सके कि वह हत्या में साझेदार नहीं है और उसने अभी तक सिर्फ़ एक हत्यारे को सुना है।

सच यह था कि माली ने यह सब सोचा ही नहीं। वैसे भी इस कॉलोनी का कोई आदमी, इतनी रात उसे दरवाज़ा खोल सुन लेता, यह असम्भव था। पुलिस शायद उसे सुन लेती, यह सम्भव था। पर पुलिस से बिना कोई अपराध किये भी, उस जैसा आदमी इतना डरता था कि वह पुलिस के पास जाने की सोच ही नहीं सकता था। सच यह था कि अभी तक वह कभी पुलिस के पास गया नहीं था। उसे जाना ही नहीं पड़ा था। वह एक सीधा-साधा आदमी था जो साइकिल पर चलता था और साइकिलवालों का पुलिस चालान भी नहीं काटती थी। साइकिलवाले आदमी की किसी ग़लती पर पुलिस बस दो झापड़ रसीद कर उसे भगा देती थी। माली तो इतना सीधा था कि उसने साइकिल चलाते हुए भी, अब तक कभी पुलिस का झापड़ भी नहीं खाया था। यह भी सोचो कि यह आदमी जो उसके सामने बैठा है और जिसने एक औरत की हत्या कुछ घण्टे पहले कर दी है, क्या माली को पुलिस के पास जाने के लिए छोड़ देगा कि तुम जाओ और पुलिस को बुला लाओ कि मैं उनके सामने अपना अपराध क़बूल कर सकूँ?

ओह, मैंने बहुत बड़ी ग़लती कर दी इस आदमी के पास आकर–माली ने मन ही मन सोचा अपनी भाषा में जो दक्षिण की थी और इस हिन्दी प्रदेश में ज़्यादातर अकेले होने के कारण, जिसे वह अपने मन में ही बोल पाता था। वह जब अट्ठारह साल का था तो अपने बाप के साथ यहाँ आया था और बाप-बेटे दोनों–न यहाँ की भाषा समझते थे और न यहाँ के लोग उनकी भाषा। पर काम की भी अपनी भाषा होती है और अपनी ज़रूरत तो हुआ यह कि धीरे-धीरे हिन्दी ज़ुबान पर चढ़ती गयी। बाप तो मरते तक साफ़ हिन्दी नहीं बोल पाया था। पर उसे बोलता सुन कोई नहीं कह सकता था कि वह दक्षिण से आया है। उसने अट्ठारह साल की उम्र से हिन्दी बोलना शुरू किया था और अब बोलते-बोलते बूढ़ा हो गया था।

बेंचवाला आदमी अचानक फिर बोलना शुरू कर चुका था, "साली नब्बे प्रतिशत औरतें दुष्ट होती हैं...अपने आसपास का जीना हराम किये रखती हैं... तुम्हारी औरत है?" अचानक उसने माली से पूछा।

"मर गयी..." माली ने कहा। माली ने इतनी हड़बड़ी में जवाब दिया था कि जैसे उसे लग रहा हो कि वह अगर तुरन्त जवाब नहीं देगा तो वह आदमी उससे कहेगा कि जाओ अपनी औरत को मार कर आओ, नहीं तो मैं तुम्हें मार दूँगा।

"अच्छा है मर गयी...नहीं तो तुम ख़ुद उसे मार डालते...मैं सच कह रहा हूँ। इन्हें झेलना एक समय के बाद मुश्किल हो जाता है...वे बात-बात पर तुम्हें टोकने लगती हैं कि यह खाओ...यह पिओ...यह न खाओ...यह न पिओ...यह पहनो...

यह न पहनो...ऐसे उठो...ऐसे बैठो। तुम्हें पता ही नहीं चलता साला कि कब तुम उसकी सम्पत्ति बन गये हो...साली साथ रहने से पहले मेरे साथ ही पी लेती थी। मैं व्हिस्की पी रहा होता तो वह एक बीयर मँगा लेती थी अपने लिए...साथ रहने लगी तो बदल गयी...पहले उसने मेरे तीन पैग व्हिस्की पीने पर आपत्ति की...मैंने सोचा चलो भाई इसके लिए क्यों झगड़ा करें...मैंने उसकी बात मान ली और दो पैग व्हिस्की पीने लगा...पीते अभी चार दिन भी नहीं हुए थे कि उसे लगने लगा कि मैं दो में ही तीन पैग बना रहा हूँ...पाँचवें दिन मैंने अपने टेबल पर पैग-मेसर देखा...मैं समझ गया मैं दो पैग से दो बूँद भी अधिक नहीं पी सकता हूँ। फिर उसने मेरे रोज़ पीने को ख़त्म किया, उसने कहा तुम हफ़्ते में एक दिन पिया करो, यह मैं तुम्हारे लिए ही कह रही हूँ कि तुम्हारा लीवर ठीक रहे, तुम जी सको मेरे लिए...मैंने सोचा चलो ठीक है, मुझसे प्रेम करती है...चिन्ता कर रही है मेरी...मैंने कहा, न तुम्हारा, न मेरा, बुधवार एक दिन और दे दो...इस तरह मैं बुधवार और रविवार को पीने लगा पैग-मेसर से नापकर...जबकि मैं जानता था उसका अगला क़दम मेरी दारू छुड़ाना ही होगा...वह भी यह जानती थी, इसलिए वह बुधवार के लिए तुरन्त तैयार हो गयी थी...सिगरेट तो कब का मैं उसके सामने पीना बन्द कर चुका था...यह वही सिगरेटें थीं जिनका धुआँ साथ रहने से पहले, मज़ाक़ में मैं उसके मुँह की ओर उड़ा देता था और वह बस, मुस्कुराती थी...सच कहूँ तो उसके मरने के बाद आज मैंने जी भर इतनी सिगरेट पी है...उसे मारने की हिम्मत जुटाने के लिए शराब तो मैंने चोरी-छुपे पहले ही पी ली थी, जब वह बाथरूम में घुसी थी...औरतों को बाथरूम में बहुत समय लगता है...फिर भी मैंने डर और हड़बड़ी में बोतल से सीधे गटका था...लगता है मैंने नीट, तीन से चार पैग नीचे उतार ही लिये होंगे...सोचो! मैं उसे मारने वाला था, फिर भी उससे डर रहा था!" यह कहते हुए वह मुस्कुराया, "वैसे सच यह भी है कि ठीक इसी तरह मैं पहले भी तीन-चार बार उसे मारने की तैयारी में शराब उससे छुपकर गटक चुका था, पर मैं उसे मार नहीं पाया था...इसीलिए कह रहा हूँ कि हत्या हमेशा अचानक ही होती है कि उसकी कितनी भी तैयारी कर लो, वह घटती, अचानक ही है..." वह फिर मुस्कुराया।

उसे मुस्कुराता देख यह कोई नहीं कह सकता था कि वह एक हत्यारे की मुस्कुराहट है। चूँकि माली जानता था कि उस आदमी ने एक हत्या की है तो उसे उसकी यह मुस्कुराहट बहुत अजीब, भद्दी और डरावनी लगी।

"...यह सब कर, उसे मुझ पर क़ब्ज़े का सुख मिलता था। बाद में वह यह भी तय करने लगी कि मैं किससे मिलूँ, किससे न मिलूँ...किससे बात करूँ, किससे न

करूँ...मेरे भाई-बहन, माँ-बाप का फ़ोन आता तो भी उसका मुँह बनने लगता था... वह पूरी तरह सिर्फ़ अपने लिए मुझे चाह रही थी...ऐसा होता कहाँ है और ऐसा होना भी क्यों चाहिए? तुम्ही बताओ?" उसने कहा और इस बार वह थोड़ा दुखी दिखा, "ऐसी स्थिति में, तुम्हारे पास ज़्यादा कुछ बचता नहीं है...बस दो चीज़ें बचती हैं... या तो तुम सामनेवाले की हत्या कर दो...या आत्महत्या कर लो! वैसे अब मुझे लग रहा है कि मुझे आत्महत्या को चुनना था, मैंने ग़लती से हत्या को चुन लिया है...पर इसमें अब कुछ किया नहीं जा सकता है...हत्या एक ऐसी चीज़ है जिसे घट जाने के बाद तुम चाहो तो भी सुधार नहीं सकते हो...पर मैं अपनी एक ग़लती को तो सुधार ही सकता हूँ कि मैं अभी ऊपर जाऊँ अपने कमरे में और उससे इस बात की माफ़ी माँगूँ कि मैंने ग़लती से उसकी हत्या कर दी है...और फिर मैं एक मज़बूत रस्सी ढूँढ़ूँ और उसी कमरे के पंखे पर लटक जाऊँ, जिसमें वह मरी पड़ी हुई है...यह दृश्य भी सही बनता है कि नीचे वह मरी पड़ी है और ऊपर मैं पंखे पर लटका मरा पड़ा हूँ... क्या कहते हो?" उस आदमी ने माली से पूछा और बिना उसके जवाब का इन्तज़ार किये, फिर सोच में डूब गया। माली जवाब भी क्या देता, वह जवाब देने की जगह पर था ही नहीं। माली को लगा कि वह यहाँ है, पर नहीं है। वहाँ उन दोनों के बीच, बस चुप्पी झर रही थी। कोई भी उन दोनों के बीच, बग़ीचे की गीली घास पर, झरती चुप्पी का ढेर देख सकता था।

"तुम्हारे पास सिगरेट होगी?" अचानक उस आदमी ने सर उठाकर माली से पूछा।

"सिगरेट नहीं है...बीड़ी है..." माली ने कहा।

"चलेगा...बीड़ी ही ले आओ!"

माली जब तक उठा नहीं, वह आदमी उसे घूरता रहा। इस तरह कि जैसे वह अपनी नज़र से धकेलकर माली को उठा देना चाह रहा हो। माली जब अपने कमरे की ओर जा रहा था तो उसने अपनी पीठ पर उस आदमी की गड़ती नज़र को महसूस किया। माली को यह पता नहीं था कि ठीक उसी समय वह आदमी माली की पीठ को घूरता हुआ यह सोच रहा था कि वह औरत जिसे वह मार चुका है, इस माली के साथ सो सकती थी या नहीं। उस औरत को आदमी की बड़ी उम्र से कोई परहेज़ तो था नहीं...माली मुझसे पाँच-सात साल बड़ा होगा बस...गुलदस्तों के लिए ताज़े फूल खोजती औरत की माली से दोस्ती क्यों नहीं हो सकती है?

माली जाते-जाते अपनी भाषा में सोच रहा था कि वह बीड़ी लेकर, अब उस आदमी के पास लौटेगा ही नहीं। कमरा खोलेगा। लाइट जलायेगा। फिर लाइट बन्द

करेगा और चुपचाप गुड़हल के पेड़ों के पीछे छिप-छिपाकर, कॉलोनी के गेट की ओर भाग जायेगा।

माली अपने कमरे के भीतर गया। उसने लाइट का स्विच दबाया जो कमरे में घुसते ही दरवाज़े के बायीं ओर पड़ता था और जिस पर माली की मटमैली अँगुलियों के निशान बन गये थे। कमरा एक ट्यूब लाइट की रोशनी से भर गया। माली ने अपनी खूँटी से टँगी क़मीज़ को निकाला और पहन लिया। बीड़ी का बँडल क़मीज़ की जेब में ही था। असल में बीड़ी की तलब उसके भीतर, उस आदमी को सिगरेट पीते देख बहुत पहले से जागी हुई थी। पहले माली ने सोचा की कमरे में ही बीड़ी सुलगा ले और पीने के बाद ग़ायब हो जाये। फिर उसे लगा कि अगर देर हुई तो वह आदमी कहीं कमरे तक न आ जाये। इसी हड़बड़ी में उसने पैंट पहनने की ज़रूरत भी नहीं समझी थी, जबकि उसका टेरीकॉट का पुराना घिसा-सा भूरा पैंट, क़मीज़ के नीचे ही उसी खूँटी पर झूल रहा था। माली पैंट को छोड़कर पलटा। उसे बस कॉलोनी के गेट तक जाना था। वहाँ गार्ड थे। वहाँ पहुँचते ही वह इस आदमी के चंगुल से मुक्त हो सकता था। उसने अपने ही कमरे के दरवाज़े को देखा जो उड़का हुआ था और जिसमें से बाहर का अँधेरा एक लम्बी पट्टी-सा झाँक रहा था। अचानक माली को लगा कि उसे पैंट भी पहन लेना चाहिए। वह फिर पैंट पहनने खूँटी तक गया। दरवाज़े से अँधेरी लम्बी पट्टी, पैंट पहनते माली को देखती रही। पैंट पहनकर, माली दरवाज़े तक आया। उसने लाइट का स्विच बन्द किया। माली ने जैसे ही दरवाज़ा खोला, वह आदमी दरवाज़े पर था, जैसे अँधेरी लम्बी पट्टी एक आदमी में बदल गयी हो।

"मैंने सोचा कि अगर मैं तुम्हें कहूँ तो शायद तुम मुझे चाय भी पिला दो...ऐसा मुझे लगा।" उस आदमी ने कहा और माली को लगभग दरवाज़े से हटाता हुआ भीतर आ गया।

माली के पास बैठने के लिए बस एक मूढ़ा था पुराना, जिस पर बैठकर वह खाना बनाया करता था, क्योंकि पालथी मारकर ज़मीन में नीचे बैठने पर, उसके घुटनों में दर्द भर जाता था और वह बिना किसी सहारे के उठ नहीं पाता था और उसका सहारा बस कमरे की दीवार और फ़र्श थे। माली ने स्टोव के पास रखे मूढ़े को लाकर, थोड़ी ही दूरी पर, कमरे की दीवार से टिकाकर रख दिया। यह जगह खूँटी और ठीक उसी ऊँचाई में, कुछ दूर पर टँगी भगवान विष्णु के फ़ोटो के बीच थी, जिसका निचला हिस्सा, ठीक भगवान विष्णु के पैरों के नीचे, रोज़-रोज़ जलती अगरबत्ती के धुएँ से भूरा होकर धुँधला चुका था। दीवार से माली ने मूढ़े को दीवार से

टिकाकर इसलिए रखा था कि वह आदमी, जिसने कुछ घण्टे पहले ही एक हत्या की है, वह दीवार में पीठ टिकाकर, आराम से बैठ सके। माली अच्छा आदमी था और अच्छे आदमी होने की अपनी दिक़्क़तें होती हैं। अच्छा आदमी कितना भी भयभीत रहे, अच्छा आदमी बना रहता है!

"बाबू काली चाय चलेगी...मेरे पास दूध नहीं है?" माली ने उस आदमी से पूछा जो अब मूढ़े पर बैठ गया था और अपना सर दीवार पर टिकाये, आँखें बन्द किये हुए था। माली के पास दूध कभी नहीं रहता था। माली हमेशा काली चाय पीता था।

"चलेगी, बस शक्कर एक चम्मच से अधिक मत डालना।" आदमी ने बिना आँखें खोले कहा।

माली के पास, स्टोव के सामने बैठने के लिए अब मूढ़ा नहीं था। माली उकड़ूँ बैठकर चाय बनाने लगा। उसने स्टोव जलने के बाद, जर्मन की गंजी को, पानी से खँगालकर, उसे स्टोव पर चढ़ाया। फिर उसमें दो कप पानी डाला। माली ने सोचा कि ग़नीमत है कि आज उसके पास अदरक का एक छोटा टुकड़ा है। उसने अदरक को रोटी के पाटे में, बेलन से कुचरा और उसे उबलते पानी में डाल दिया। ठीक उसके बाद उसने पानी में दो चम्मच शक्कर डाला और उबलने दिया पानी को और फिर उसमें दो चम्मच चाय डालकर स्टोव को बन्द कर दिया। चाय की पत्तियाँ गरम पानी को रँगने लगीं।

ठीक इसी समय, जब चाय की पत्तियाँ, अदरक और शक्कर डले गरम पानी को रँग रही थीं, माली ने अपने ही गले को अपने ही उस पनछे से कसता पाया, जिसे वह पैंट पहनने के बाद खूँटी पर ही टाँग आया था। माली ने अपनी टूटती साँसों के साथ यह देखा कि उसके गले को, उसी के पनछे से कसने वाला आदमी वही था, जिसके लिए वह चाय बना रहा था। माली की देह देर तक छटपटाती रही। वह आदमी छटपटाती देह को सम्हालते हुए पसीना-पसीना हो गया। यह कुछ देर बाद ही पता चला कि माली, उस आदमी को भारी पड़ा है। वह आदमी आश्चर्यचकित था कि दुबले-पतले माली के भीतर इतनी ताक़त इकट्ठा थी। माली की शान्त देह, अपनी आख़िरी साँस के बाद, ठीक उस जगह पर पड़ी थी कि लग रहा था कि माली ने अपनी आख़िरी साँस उस चाय की गंजी को देखते हुए ली है।

उस आदमी ने अपनी अँगुलियाँ, माली की नाक के पास ले जाकर, अपने आश्वस्त किया कि माली मर गया है। आदमी अब भी हाँफ रहा था। वह लाश के पास ही पालथी मारकर बैठ गया और अपनी साँसों को सम्हालने लगा। साँसों के

सम्हलते ही वह उठा और उसने चाय की वह गंजी स्टोव से उतारी जो माली की साँस छोड़ती देह की छटपटाहटों से बची रह गयी थी और अब तक गिरी नहीं थी। दो कप तो सामने ही रखे उसे दिखे, जिसमें एक कप की डण्डी टूटी हुई थी। आदमी जानता था कि साबुत कप ही माली ने उसके लिए रखा था। वह ज़िन्दा रहता तो टूटे कप में ही चाय पीता। कप तो दिख गया था, पर चाय-छननी उस आदमी को कहीं नहीं दिख रही थी। फिर खोजने पर, वह उसे एक प्लास्टिक की टोकनी में, बाक़ी बर्तनों के साथ मिली। उस आदमी ने साबुत कप में चाय छान ली, फिर पता नहीं क्यों पर उसने टूटी डण्डीवाले कप में बची चाय को छान दिया। उस आदमी को यह जानकार आश्चर्य हुआ कि माली ने ठीक दो कप चाय बनायी थी। दोनों कप बराबर भरे थे। यह देख वह आदमी मुस्कुराया और उसने टूटी डण्डीवाला कप, मरे हुए माली के मुँह के सामने रख दिया। फिर वह अपना कप उठाकर, मूढ़े पर बैठ, दीवार से पीठ टिकाकर चाय पीने लगा। चाय पीते इस आदमी को देख कोई यह नहीं कह सकता था कि इसने अभी-अभी एक हत्या की है और लाश से बस पाँच क़दम की दूरी पर, चाय पीता वह बैठा है।

चाय के बाद उसे सिगरेट की तलब हुई। वह माली की बीड़ी का बण्डल खोजने लगा। वह उसे मिल नहीं रहा था। साला माली, कहाँ रखकर मर गया उसने सोचा। उसने यह भी सोचा कि उसे बीड़ी माँगने के बाद माली को मारना था। सोचते-सोचते, आख़िरकार उसने यह सोच लिया कि माली उसके पास बीड़ी लेकर आ नहीं रहा था, बल्कि उससे भाग रहा था और तनाव में नशा हमेशा खींचता है अपनी ओर। इस तरह उसने सोच लिया कि बीड़ी ज़रूर उसके पैंट या क़मीज़ की जेब में होगी। पर बीड़ी उसे माली की जेबों में नहीं मिली। असल में बीड़ी, घुटते गले से पैदा हो रही तड़प के कारण, उसकी क़मीज़ की जेब से नीचे गिर गयी थी। उस आदमी को बीड़ी का बण्डल, लाश की कमर के पास मिला। उसमें सिर्फ़ पाँच बीड़ियाँ थीं। माचिस उसे स्टोव के पास आसानी से मिल गयी। उसने बीड़ी सुलगा ली और बची बीड़ियों को अपनी जेब में डाल लिया। अभी रात बची थी और उसे बीड़ियों की ज़रूरत फिर पड़ सकती थी।

वह आदमी जब बाहर आया और माली के कमरे के दरवाज़े की सिटकनी बाहर से लगा दी कि अगर कोई धोखे से माली के कमरे तक आ जाये तो सोचे कि माली कहीं आसपास ही होगा। बाहर अँधेरा अब भी उतना ही घना था। आदमी ने सोचा यह अँधेरा उसके लिए अच्छा है। उसे अँधेरे के नीले होने से पहले सब कुछ निपटाना होगा।

आदमी माली के कमरे से अपनी बिल्डिंग तक आया। उसे कोई नहीं मिला जो उसे आते देखे। उसकी खिड़की के अलावा सारी खिड़कियों की लाइट बन्द थी। यह नींद का गहरा समय था। चिड़ियाएँ भी गहरी नींद में थीं। लिफ़्ट नीचे ही उसे मिली। ज़ाहिर है, किसी ने तेरहवीं मंज़िल से उसके उतरने के बाद अब तक लिफ़्ट का इस्तेमाल नहीं किया था। वह आदमी अपने नहीं देखे जाने को लेकर आश्वस्त हुआ। यह उसके चेहरे से दिख रहा था, जब वह लिफ़्ट में तेरह का बटन दबा रहा था–तेरहवीं मंज़िल के लिए।

वह जब अपने अपार्टमेंट के दरवाज़े पहुँचा तो अचानक उसे याद आया कि वह उस औरत के मरते ही, लाश के साथ न रहने की हड़बड़ी में, अपार्टमेंट की चाबी रखना भूल ही गया था। उसने अपने को गाली बकी। कहा–अब मरो साले! हत्या के बाद तुम कुछ न कुछ भूल ही जाते हो, जिससे तुम आख़िरकार फँस जाते हो! अचानक उसे याद आया कि उस औरत के पास भी एक चाबी रहती है, जिसे वह दरवाज़ा बन्द करने के बाद, बाहर गमले के नीचे रख जाती थी। उसने याद किया कि कल औरत उससे पहले घर नहीं लौटी थी, वह पहले घर आया था तो औरत की चाबी गमले के नीचे ही होगी। वह सही था। गमले के नीचे चाबी थी। उसने सोचा कि वह कितनी अच्छी औरत थी कि उसने उसे अभी-अभी मरने के बाद भी बचा लिया था। उसने यह भी सोचा कि उस औरत की आत्मा ही यह चाहती है कि वह उसकी लाश को ठिकाने लगाकर, पकड़े जाने से बच जाये।

उस आदमी ने, उन दिनों ही जब वह उस औरत की हत्या को सोच रहा था–एक काले रंग का एक बड़ा-सा ट्रॉली बैग ख़रीदकर रख लिया था। उसने इस बैग को ख़रीदने पर औरत को यह सफ़ाई दी थी कि यह बैग बहुत सस्ता मिल रहा था तो कभी काम ही आयेगा, इसलिए मैंने ख़रीद लिया। यह भी कि हम दोनों किसी लम्बी यात्रा पर गये तो दोनों के कपड़े इसमें आसानी से आ जायेंगे। औरत को कोई शक नहीं हुआ। वह सोच ही नहीं पायी थी कि वह बैग उसकी दुबली-पतली देह के लिए है। उन दोनों के बीच बहस और झगड़े तो थे, पर आदमी उससे मुक्ति पाने के लिए, किसी भी हद तक चला जायेगा–यह उसे अब भी नहीं लगता था। वह बड़ा-सा बैग उनके बेड रूम में, वार्डरोब के पास रखा रह गया था।

आदमी जब बेड रूम में घुसा तो उसे सबसे पहले औरत की लाश ही दिखी। औरत को देखकर लग रहा था कि जैसे वह गहरी नींद में हो। कैसी अजीब बात है कि नींद और मृत्यु एक जैसे लगते हैं। मरे हुए को सोया हुआ कहा जा सकता है और सोये हुए को मरा हुआ।

औरत, पलंग के एक किनारे पर, अपनी जगह ही पड़ी हुई थी, जहाँ वह उसकी बग़ल में रोज़ सोती थी जो पलंग का वह किनारा था जो बेडरूम के दरवाज़े से लगा हुआ था। औरत की देह पर सिर्फ़ एक लाल रंग का गाउन था, जिसमें सफ़ेद और पीले फूल खिले हुए थे। आदमी ने औरत के शरीर को पीठ और कमर से खींचते हुए, करवट में बदल दिया। आदमी को लगा कि औरत के गाउन के फूल उसकी हथेलियों में चिपक गये हैं। उसने अपनी दोनों हथेलियों को आपस में रगड़कर, उन फूलों को छुड़ाने की कोशिश की। पर फूल हथेलियों से झड़े नहीं। उसने सोचा कि क्या औरत के गाउन के फूल, हत्या का निशान हो सकते हैं? उसने अपनी हथेली को एक बार फिर ध्यान से देखा, जहाँ लाल-पीले फूल औरत के गाउन से मिटकर छप गये थे। उसे पता नहीं था कि औरत के गाउन में फूलों के बीच उसकी हथेलियों के निशान छप गये हैं।

अचानक उस आदमी को शराब की ज़रूरत महसूस हुई। उसे लग रहा था कि नशे में वह यह सब ज़्यादा आसानी से कर पायेगा। वह लिविंग रूम की ओर गया। शराब की बोतल वहीं कबर्ड में थी। उसने सीधे बोतल से शराब पी, जैसे उस औरत से छिपकर हमेशा पीता रहा था। वह भूल गया था कि वह मर चुकी है और अब वह कभी भी, किसी भी समय आराम से पैग बनाकर शराब पी सकता था। उसने फिर एक बड़ा घूँट बोतल से फिर मारा और सोफ़े पर पसरकर शराब की गुनगुनाहट का इन्तज़ार करने लगा। वह ज़्यादा देर इन्तज़ार नहीं कर पाया, वह फिर उठा और उसने शराब का एक गहरा घूँट फिर मार लिया। अब वह एक सम्हले हुए नशे के भीतर था। अचानक उसे याद आया कि वह समय जाया नहीं कर सकता है, उसे जो भी करना है, जल्दी करना होगा।

औरत अब भी बेड रूम में बायीं करवट पड़ी थी। उसने, औरत के पैरों को उसके पेट की ओर मोड़ दिया। फिर उसने ट्रॉली-बैग को मुड़ी हुई औरत के आकार के बाज़ू में रखकर, अन्दाज़ लगाने की कोशिश की कि औरत की देह ट्रॉली बैग में आ पायेगी या नहीं। तभी उसे लगा कि औरत के सर को, उसकी छाती की ओर दबाना पड़ेगा और वह उसकी कोशिश करने लगा। औरत दुबली-पतली थी, फिर भी आसानी से नहीं बल्कि बहुत कोशिश से ट्रॉली बैग में समा पायी। आदमी ने तेज़ी से हाँफते हुए, ट्रॉली बैग की चेन को बन्द किया और सन्तोष की एक लम्बी और गहरी साँस ली।

वह ट्रॉली बैग को उसके पहियों पर चलाते, जब अपने अपार्टमेंट के दरवाज़े तक आया और उसने झाँककर कॉरीडोर पर देखा। वहाँ किसी की कोई आहट नहीं

थी, बस एक एलईडी बल्ब की धीमी रोशनी पसरी पड़ी थी। लिफ़्ट उसके अपार्टमेंट के ठीक सामने थी। वह लिफ़्ट से जब नीचे आया तो नीचे भी झाँकने पर उसने पाया कि वहाँ किसी की कोई आहट नहीं है। पता नहीं क्यों पर वहाँ तो एलईडी बल्ब की रोशनी भी नहीं थी। उसकी आँखों को बाहर के गहरे अँधेरे का अभ्यस्त होने में कुछ समय लगा। फिर वह ट्रॉली सहित लिफ़्ट से बाहर आ गया।

गहरे अँधेरे ने उस आदमी को ट्रॉली घसीटते बग़ीचे की ओर जाते देखा। इस बीच वज़न के कारण दो बार उसकी वह बड़ी-सी ट्रॉली लुढ़की और गहरे अँधेरे ने देखा कि आदमी ने बहुत कोशिश कर उसे पहियों पर फिर खड़ा कर पा रहा है कि ट्रॉली उसके उठाते ही फिर अपना सन्तुलन खो देती थी। फिर आदमी बग़ीचे की सीढ़ियों पर ट्रॉली को चढ़ाता दिखा। फिर बग़ीचे में बार-बार सन्तुलन खो गिरती ट्रॉली को सम्हालते-घसीटते दिखा।

आदमी जब तक उस ट्रॉली को घसीटते माली के कमरे के दरवाज़े तक पहुँचा, वह पसीने से लथपथ हो गया था। दरवाज़ा खोलने के लिए, जैसे ही उसने ट्रॉली को उसके पहियों पर छोड़ा तो उसने पाया कि ट्रॉली का एक पहिया ही ग़ायब है। अब उसे खोजना ज़रूरी था। वह ट्रॉली को वहीं दरवाज़े पर छोड़, पहिये को खोजने उस रास्ते पर चला, जिस पर वह ट्रॉली को घसीटते लाया था। उस आदमी को यह लग रहा था कि बग़ीचे की घास में ही पहिया कहीं होगा, पर पहिया उसे बग़ीचे की सीढ़ियों के पास मिला। वह बग़ीचे की तीन सीढ़ियों पर ट्रॉली को चढ़ाते हुए टूटा था और बीच की सीढ़ी पर पड़ा हुआ था।

उस आदमी ने सोचा कि जैसा सोचो वैसा कभी नहीं होता। कोई न कोई अड़ंगा होता ही है। माली भी एक अड़ंगा ही था। पर माली को अगर वह यह नहीं बताता कि उसने हत्या की है तो माली अड़ंगा नहीं बनता और रहता ज़िन्दा। माली को अड़ंगा, नशे में उसने ख़ुद बना दिया था। माली के मरने से थोड़ी देर पहले ही उसने यह तय किया था कि उस औरत की बॉडी को वह, माली के कमरे में ले आयेगा। पहले से तय किया कुछ नहीं होता। तय की गयी हत्याएँ भी अचानक ही होती हैं। यह बात वह आदमी उस समय सोच रहा था, जब वह माली के कमरे में ट्रॉली बैग से, औरत की लाश को बाहर निकालकर ठीक माली की बग़ल में लिटा रहा था। लाश को निपटाने के लिए, उसने पहले से ही बहुत-सी तैयारियाँ कर रखी थीं। उसने इस शहर के सबसे पुराने बाज़ार, गोलबाज़ार से पहले एक कुल्हाड़ी ख़रीदी थी। फिर एक हथौड़ी भी ख़रीद ली थी। फिर उसे एक दुकान में कटार दिख गयी तो उसने उसे भी ख़रीद लिया था। पता नहीं औरत की हत्या के लिए क्या काम आ जाये?

सबसे आख़िर में कुछ सोचकर, उसने लाश को जलाने के लिए पेट्रोल भी ख़रीद डाला था—पूरा पाँच लीटर। पेट्रोल एक प्लास्टिक के केन में उसकी गाड़ी की डिक्की में रखा हुआ था। अब यही उसके काम आने वाला था। बस उसे फिर अपनी बिल्डिंग तक जाना था और पोर्च में खड़ी गाड़ी से पेट्रोल निकालकर लाना था। तभी उस आदमी को यह याद आया कि उसकी गाड़ी की चाबी तो अपार्टमेंट में ही है। वह जैसे ही घर पहुँचता था, चाबियाँ काँच के एक बाउल में डाल देता, जिसे उस औरत ने ही तय किया था कि उससे चाबियाँ गुम नहीं होंगी और मिलने में आसान रहेंगी। उस आदमी को लिफ़्ट से अब चाबी के लिए फिर अपार्टमेंट तक जाना था और वह माली के कमरे से बाहर आकर उस ओर चल पड़ा और चलते हुए उसने सोचा कि चीज़ें इसी तरह बार-बार अटकती हैं और आप फँसने के क़रीब पहुँच जाते हो। कभी वे ट्रॉली के टूटे पहिये में अटक जाती हैं। कभी अटक जाती हैं गाड़ी की चाबी में। देखो कि उस आदमी ने अभी भी यह नहीं सोचा था कि कॉलोनी में लगे सीसीटीवी कैमरे में वह दर्ज हो रहा है—अँधेरे में एक परछाईं की तरह यहाँ से वहाँ डोलता!

अँधेरे ने उस आदमी को फिर हाथ में पेट्रोल का केन लिये देखा। देखा माली के घर में घुसते। जब वह बाहर आया तो अँधेरे ने देखा कि आदमी ख़ाली हाथ था। था बहुत ही निश्चिन्त। उस आदमी को अपने अपार्टमेंट की ओर वापस जाते अँधेरे ने देखा। तभी अँधेरे ने देखा कि माली के कमरे के दरवाज़े और खिड़की के सरन्ध्रों से काला-सफ़ेद धुआँ बाहर आ रहा है। तभी ऊपर चढ़ती लिफ़्ट की आवाज़ को अँधेरे ने सुना। अँधेरा समझ गया कि आदमी तेरहवीं मंज़िल तक जा रहा है, जहाँ उसका अपार्टमेंट है।

उस आदमी के अपार्टमेंट में, अब उस औरत की देह का कोई निशान नहीं बचा था। उस औरत की देह की ख़ुशबू उसके धुले कपड़ों में भी नहीं होगी। होगी बस उसके पहने कपड़ों में, जिसे वह सुबह धोने डालती रही होगी। होगी उस साबुन में, जिससे वह नहाती रही होगी। किचन में उस औरत की ख़ुशबू यहाँ-वहाँ ज़रूर होगी—मसालों के गन्ध में डूबी हुई। घर के गुलदस्तों में होगी उसकी ख़ुशबू, फूलों के नीचे, उनकी डण्ठलों से उठती जो अब भी बची रह गयी है कल सजाये गये गुलदस्तों में। उस औरत की देह की ख़ुशबू, उस आदमी के दिमाग़ में भी बैठी हुई है और उसे मिटने में समय लगेगा।

आदमी बहुत थक गया था। दिमाग़ में शराब का नशा भी बहुत घना हो चुका था। आदमी ने सोने से पहले एक बार यह सोचा कि बिस्तर की उस चादर को बदल दे, जिसके ऊपर एक हत्या हुई थी। पर चादर पर हत्या का कोई निशान नहीं था। यह बिल्कुल नहीं लग रहा था कि उस बिस्तर पर किसी की हत्या हुई है। यहाँ तक की बिस्तर पर एक सलवट भी नहीं दिख रही थी। बिस्तर की चादर, आठ इंची महँगे गद्दे पर इस तरह खोंसी हुई थी कि मरती हुई औरत की छटपटाहटों ने, उस पर एक सल नहीं रचा था। आदमी बिस्तर में, औरत की जगह को छोड़, अपनी जगह पर सो गया, जहाँ वह रोज़ सोता था। शराब और थकान ने उसे तुरन्त नींद में धकेल दिया। उस आदमी को, उस औरत से लिपटकर सोने की आदत थी। वह कितनी भी गहरी नींद में रहे, उसका दाहिना हाथ, औरत की देह को नींद में खोजने लगता था। यही हुआ। गहरी नींद में उस आदमी का हाथ, औरत से छूट गयी जगह पर, औरत को अपनी ओर समेटने आगे बढ़ा और औरत की देह से ख़ाली रह गया।

चिड़िया और मुस्कुराहट

मैं एक छोटे से कमरे में रहता था। उस कमरे में खिड़की नहीं थी, बस एक आला था। आले से कमरे में रोशनी तो आती थी, पर उससे बाहर नहीं देखा जा सकता था। आला मेरी क़द से ऊपर था। मैं सूरज की उस आती रोशनी से सन्तुष्ट था, जो आले में लगी लोहे की चार सलाख़ों से बँटकर, भीतर मेरे कमरे के फ़र्श पर गिरती थी और सलाख़ों के निशान मेरे फ़र्श पर, धूप के साथ बिछे रहते थे। आले से गिरती, चार सलाख़ों से बँटी, धूप की उन छह पट्टियों को, मैं रविवार या छुट्टी के दिनों में ही देख पाता था। क्योंकि सुबह आठ बजे ही मुझे काम पर निकल जाना पड़ता था और लौटते-लौटते रात के दस और कभी-कभी तो ग्यारह बज जाते थे।

रविवार की एक दोपहर, मैं अपनी खाट पर बैठा, अपने पैरों की ख़ुद ही मालिश कर रहा था, जिनमें हफ़्ते भर की भागमभाग का दर्द भरा हुआ था। मालिश करते हुए, मैं अपने बीते हफ़्ते को सोच रहा था जो और बीत गये हफ़्तों-सा ही था। जब से मैं गाँव से यहाँ आया था, इस शहर में, और शहर की इस नौकरी में, तब से हफ़्ते एक जैसे ही बीत रहे थे। नया उनमें कुछ था नहीं। सच यह था कि नौकरी के बाहर भी मेरे जीवन में नया कुछ था नहीं, क्योंकि नौकरी के बाहर, जीवन के घण्टे बहुत कम थे। और जो थे वे नौकरी के बाद की थकान से भरे हुए थे। मेरी नौकरी ही ऐसी थी कि मुझे इधर से उधर लगातार होना पड़ता था पैदल। नौकरी के भीतर की, कम दूरियों इस बार-बार के आने-जाने में ही, मुझे रोज़ कई किलोमीटर पैदल चलना पड़ता था, इसलिए पैरों में इतनी थकान भर जाती थी कि रविवार के दिन उनकी मालिश के अलावा मेरे पास कोई चारा नहीं था।

मुझे अपनी पिण्डलियों की मालिश सबसे ज़्यादा करनी पड़ती थी कि दर्द सबसे ज़्यादा वहीं भरा रहता था। तो उस रविवार, जब मैं अपनी पिण्डलियों के साथ

जूझ रहा था, तभी अचानक मुझे लगा, फ़र्श पर पड़ रही आले की सलाख़ोंवाली छाया में कोई महीन हरकत हुई है। जब मैंने ध्यान से देखा–धूप की उस सुनहरी छाया को तो मुझे वहाँ एक छोटी चिड़िया की छाया दिखी। वह एक फुदकती हुई छाया थी जो आले की छाया में, छाया की सलाख़ों के बीच नाच रही थी। बहुत देर तक मैं चिड़िया की फुदकती छाया को देखता रहा। देखता रहा तब तक, जब तक कि छाया की सलाख़ों के बीच फुदकती, चिड़िया की छाया, आले की सलाख़ोंवाली छाया से उड़ नहीं गयी। अब मैं पलटकर आले की ओर देखता तो भी चिड़िया मुझे नहीं दिखती। वह उड़ गयी थी और मैंने उसकी छाया में उसे उड़ते हुए देखा था। मैं फ़र्श पर पड़ रही आले की छाया में, उसके लौटने का इन्तज़ार करता रहा। पर वह शायद आसमान खोजने निकल गयी थी। (चिड़ियाएँ पृथ्वी पर रहती ही इसलिए हैं कि वे आसमान खोज सकें।)

चिड़िया आले पर, शायद हर दोपहर आती होगी। पर मुझे वह बस रविवार की दोपहर ही दिख पाती थी कि और दिनों की दोपहर मेरे पास नहीं थी कि नौकरी ऐसी थी कि कोई और छुट्टी का दिन था नहीं मेरे पास। चिड़िया देखने के लिए, अगर मैं छुट्टी लेता तो एक दिन की तनख़्वाह कट सकती थी। छाया की चिड़िया देखने के लिए, मैं छुट्टी ले भी लेता तो मुझे पक्का विश्वास था कि छुट्टी के दिन की वह दोपहर, जो एक दिन की कटी हुई तनख़्वाह से बनती, रविवार की दोपहर की तरह ठीक-ठीक निश्चिन्त-सी दोपहर बिल्कुल नहीं बन पाती।

यह सोच मैंने अपने काम की जगह से छुट्टी नहीं ली और मैं अगले रविवार की दोपहर का इन्तज़ार करने लगा। पर हुआ यह कि रोज़ काम की जगह पर, ठीक दोपहर में, मुझे चिड़िया की फुदकती छाया याद आने लगी। यह शायद इसलिए हुआ था कि मैंने चिड़िया को देखा नहीं था, बस चिड़िया की छाया को देखा था और वह फुदकती छाया मेरे दिमाग़ में बनी रह गयी थी।

अगला रविवार जब आया तो मैंने अपने को दोपहर से पहले ही, कई बार आले कि ओर देखते पाया। मैं चिड़िया का इन्तज़ार कर रहा था। पर वह आयी तभी, जब मैं अपने पैरों की मालिश कर रहा था। ठीक मेरे सामने फ़र्श पर आले की छाया थी। आले में सलाख़ों की छाया थी। मेरे लिए, अपनी ही मालिश करते हुए, आले की छाया को देखना आसान था। मेरी पीठ आले की ओर थी और अगर मैं आले की ओर मुँह कर बैठ भी जाऊँ तो आला इतना ऊपर था कि उसे अपनी ही मालिश

करते, लगातार देखते रहना कठिन था। इस तरह मैंने आले की ओर मुँह कर बैठना चाहा ही नहीं। मैं रोज़ की तरह ही बैठा हुआ था–आले की छाया को देखता हुआ। सूरज आसमान में ठीक ऊपर था–एक चमकती दोपहर के साथ और आसमान में दोपहर रचते हुए, अभी उसे देर तक बना रहना था। पर मेरे भीतर आले की छाया में, चिड़िया की छाया के अब तक नहीं आने की बेचैनी बढ़ती गयी। यह कुछ अजीब-सा था। पर था तो।

ठीक, जब मैं अपने पैरों की उन भद्दी अँगुलियों की मालिश कर रहा था जो लगातार स्लीपर और सस्ते जूते के उपयोग के कारण, फैली और बेढंगी हो चुकी थीं और जिन्हें देखकर मेरे भीतर कोई चिन्ता अब नहीं जागती थी। वे मेरे पैरों पर थीं और मैं उन्हें स्वीकार कर चुका था। तो अँगुलियों की मालिश से, जैसे ही मेरा ध्यान हटा। वह दिखी। वह छाया के आले में, सलाख़ की छाया में लटकी हुई थी। फिर वह सलाख़ों की छायाओं को लपेटते फुदकती दिखी। इस बार मैंने बिल्कुल देरी नहीं की और मालिश छोड़ खड़ा हो गया। मैं आले की ओर देख रहा था। वहाँ एक छोटी चिड़िया थी। भूरे-काले पंखोंवाली। वह नाज़ुक और मासूम लग रही थी। बहुत सुन्दर लग रही थी।

मैं उसे देख ही रहा था कि वह ऊड़कर ग़ायब हो गयी। डर गयी शायद वह। पर सिर्फ़ देखने से कौन सी चिड़िया डरती है? मैं उसका इन्तज़ार करता रहा, पर वह नहीं आयी। फिर मैंने आले की छाया को देखना शुरू किया–अपने कमरे के सीमेंट के फ़र्श पर। मुझे लगा कि देखूँगा आले की छाया को तो चिड़िया, शायद छाया बन वापस आ जाये। ओह, तभी दिखी उसकी छाया, छाया के आले में, सलाख़ों की छाया के बीच, वह एक फुदकती छाया थी। चिड़िया छाया बन वापस आ गयी थी। ठीक इसी समय मुझे लगा कि मुझे चिड़िया को उसकी छाया में ही देखना चाहिए, जिससे वह मेरे रूबरू देखने से डरे न। डरकर उड़े न। उसे आसमान याद आये न।

इस तरह हुआ यह कि मैं हर रविवार, फ़र्श पर बन रही आले की छाया में, उस नन्ही चिड़िया को देखता रहा। देखते-देखते कई रविवार गुज़र गये। चिड़िया आती रही और मैं उसे उसकी छाया में देखता रहा।

फिर एक दिन हुआ यह कि चिड़िया आले की छाया से उड़ी और मेरे कमरे की छत को आसमान में बदल दिया। कमरे की छत पर सीलिंग फ़ैन नहीं था। (मेरे पास, बस एक काला-पुराना टेबल फ़ैन था जो बिना टेबल के फ़र्श पर, उस जगह पर रखा हुआ था, जहाँ से उसकी हवा मेरे बिना पलंग के फ़र्श पर पड़े, कथड़ीनुमा

बिस्तर पर फैल सके।) इस तरह चिड़िया के लिए मेरी छत को आसमान समझने में कोई बाधा नहीं थी। अब देर तक कमरे में बना रहता आसमान, जिसमें एक नन्ही चिड़िया उड़ती रहती और फ़र्श की पृथ्वी पर बैठा एक आदमी, अपने पैरों की मालिश करता सिर उठाये उसकी उड़ान को देखता रहता।

एक रविवार जब मैं आले की छाया में उस नन्ही चिड़िया का फुदकना देख रहा था और यह जानता था कि कुछ देर ही में मेरे कमरे की छत आसमान में बदलने वाली है, तभी अचानक चिड़िया आले की छाया से उड़ी और कुछ ही क्षणों में, मैंने उसे अपने दाहिने कन्धे पर बैठा पाया। वाह, मैंने मन ही मन कहा। मेरे मन ही मन कहे वाह को चिड़िया ने सुना। अब वह मेरे बायें कन्धे पर थी। थी फिर मेरे सिर पर। मेरे बालों में उसके पंजे धँसे हुए थे। मैंने मन ही मन फिर कहा–वाह। मुस्कुराया मन ही मन मैं। मेरे मन ही मन मुस्कुराने को देखा चिड़िया ने। देखा और वह उड़ गयी। हो गयी ग़ायब। ग़ायब शायद अपने घोंसले के लिए। ग़ायब शायद अपने अण्डों के लिए। कोई चिड़िया, मन ही मन में उपजी मुस्कुराहट को देख, कैसे ग़ायब हो सकती है?

ऐसा कुछ रविवार तक चलता रहा। चिड़िया नाचती रही–मेरे कन्धों और सिर पर। यह मेरे कमरे की छत को आसमान में बदलने से पहले वह करती और यह एक ऐसा सुख था जो सबके पास नहीं होता है और अब मेरे पास था। कह नहीं सकता था कि यह सुख कब तक रहेगा मेरे पास। पर जब तक है, मैं उसके साथ ख़ुश-ख़ुश रह सकता था और यही मैंने किया।

फिर मैंने एक रविवार पाया कि फ़र्श पर पड़ रही आले की छाया में, एक घोंसले की छाया भी है। मैं अपनी मालिश बीच में छोड़ उठा तो देखा कि चिड़िया घोंसले में दुबकी-सी बैठी हुई है। मैं मुस्कुराया और सोचा कि ओह, अब इस एक कमरे में हम दो हैं। मैंने सोचा यह भी कि घोंसले में अण्डे होंगे और इस कमरे में रहने वालों की संख्या और बढ़ जायेगी जल्द ही। हुआ भी यही। पर ठीक-ठीक जैसा मैंने सोचा था, वैसा नहीं हुआ। चिड़िया ने घोंसले में अण्डे सेए। अण्डों से बच्चे बाहर आये नन्हे गुलाबी। चिड़िया अपने चोंच का दाना, उनकी चोंच में डाल, उन्हें चुगाती रही। जल्द ही बच्चों की पीठ पर दिखने लगे काले-भूरे पंख। एक दिन आया कि बच्चे घोंसला छोड़ उड़ गये। उड़ गये, समझने आसमान को कि आसमान को समझना उनके लिए ज़रूरी था।

अब चिड़िया मेरे ही कमरे के आले में रह रही थी। रह रही थी अकेली। एक अकेली चहचहाहट। अब मुझे उसे देखने के लिए रविवार का इन्तज़ार नहीं करना पड़ रहा था। मैं उसके अपने साथ होने का इस तरह आदी होता जा रहा था कि चिड़िया अब बार-बार, मेरे काम की जगह पर, मुझे अपने कन्धों और सिर पर फुदकती महसूस होती थी।

पता नहीं कैसे यह हुआ। पर हुआ। शायद चिड़िया, मेरे मन में कहा सुन लेती थी, इसलिए यह हुआ। हुआ यह कि जब मैं एक सुबह अपने काम के लिए निकला—अपने कमरे के उस दरवाज़े से झुककर जो क़द में मुझसे छोटा था। मैंने दरवाज़े की साँकल चढ़ा, जैसे ही उसमें ताला लगाया, मैंने पाया की चिड़िया मेरे दाहिने कन्धे पर बैठी हुई है। मुझे समझ में नहीं आया कि मैं क्या करूँ? मैं थोड़ी देर ठिठका खड़ा रहा अपने असमंजस के भीतर। फिर मैं सीढ़ियों से नीचे उतर आया—कन्धे पर चिड़िया को लिये-लिये।

कमरा मेरा पहली मंज़िल पर था और उसके ऊपर कोई मंज़िल नहीं थी। बस आसमान था। सीढ़ी से नीचे उतरो तो मेरे कमरे के ही बराबर के आकार की एक छोटी किराने की दुकान थी। दुकान इतनी छोटी थी कि उसमें मुझ जैसे लोगों की ज़रुरत का सामान ही मिल सकता था, जिनकी ज़रूरतें मजबूरी में बहुत कम थीं। दुकान में एक बूढ़ा आदमी बैठता था, जिसे मैंने कभी मुस्कुराते नहीं देखा था। न देखा था कभी ठीक से बात करते। सामान माँगो तो सामान उठाकर लाते या नापकर या तौलकर देते देखा था बस। सुना था सिर्फ़ सामान की क़ीमत बताते। उस आदमी के चेहरे पर, हमेशा किराने के सामानों की क़ीमत छपी रहती थी। उसके चेहरे पर किसी एक मुस्कुराहट के लिए भी बची जगह दिखती नहीं थी। वह कहाँ रहता था—यह भी मुझे ठीक-ठीक पता नहीं था। वह शायद दुकान में ही सोता रहा होगा। क्योंकि जब भी मैं उसे देखता, वह दुकान में ही दिखता था।

मैं, अपनी साइकिल से, अपने काम की जगह तक जाता था। हुआ यह कि मैं सीढ़ियाँ उतरकर, सीढ़ियों के मोड़ के नीचे की बची जगह (जो सण्डास के बाद भी इतनी बची हुई थी कि एक साइकिल को जगह दे सके) से अपनी साइकिल उठाकर, उसके दुकान के सामने ही अपनी साइकिल में बैठ रहा था कि मैंने पहली बार दुकानदार को मुस्कुराता पाया। यह मैं रोज़ उसकी दुकान के सामने करता था यानी साइकिल पर बैठना और पहला पैडल मारना। पर मैंने आज से पहले, उसे मुस्कुराते कभी नहीं देखा था। मुझे आश्चर्य हुआ। मुझे लगा नहीं कि वह मुझे देखकर मुस्कुरा

रहा है। मैं समझ गया तुरन्त कि वह मेरे कन्धे पर फुदकती नन्ही चिड़िया को देखकर मुस्कुरा रहा था। मैं उसकी ओर देख कर मुस्कुराया। मेरे कन्धे पर बैठी चिड़िया, चहचहाती हुई उड़ी और मेरे सिर पर जाकर बैठ गयी। चिड़िया को मेरे सिर पर बैठा देख वह आदमी एक बार और मुस्कुराया। उसके चेहरे पर छपी किराना सामान की क़ीमतें अब, उसकी ही मुस्कानों से पूरी तरह धुल गयी थीं।

मैं साइकिल चलाता जा रहा था। जितने लोग मिले मुझे रास्ते में, जितनों ने देखा चिड़िया मेरे साथ, उतने लोग मुस्कुराये मुझे देख। चिड़िया रास्ते भर, मेरे बायें कन्धे से सिर पर, सिर से दायें कन्धे, दायें कन्धे से फिर सिर पर, नाचती रही। मेरी साइकिल जैसे मुस्कुराहट का फ़व्वारा छोड़ते जा रही थी। पहुँचा जब अपनी काम की जगह पर। काम की जगह भी बस मुस्कुराहट की जगह थी अब। सब फुदकती चिड़िया को देख रहे थे और मुस्कुरा रहे थे।

आले की चिड़िया के साथ, अपने काम की जगह तक की पहली यात्रा को अभी ज़्यादा दिन नहीं गुज़रे हैं और अब यह हो गया है कि एक चिड़िया नहीं, चिड़ियाएँ हैं मेरे पास अनेक। पहले दिन ही आले की चिड़िया अकेली रही मेरे पास। दूसरे दिन दो चिड़ियाएँ न जाने कहाँ से आयीं और उन्होंने मेरे कन्धों और सिर पर अपनी जगह बना ली। तीन चिड़ियों को देखकर लोगों की मुस्कान थोड़ी और बढ़ गयी। और यह मुझे अच्छा लगा। इस तरह रोज़-ब-रोज़ चिड़ियाएँ बढ़ती गयीं। इतनी बढ़ गयीं कि मेरे दोनों कन्धे, और सिर के बाल उनसे ढँक गये। वे फिसलती-सी मेरी पीठ और बाँहों पर भी बैठी रहती थीं। साइकिल चलाते हुए तो मेरी पीठ झुकी ही रहती थी, चिड़ियों को मेरी पीठ पर बैठने में दिक़्क़त न हो, इसलिए मैं काम की जगह पर भी अब अपनी पीठ झुकाकर चलने लगा था। बाँहें अब मैं धीरे-धीरे उठाता था। गिराता था धीरे-धीरे बाँहें। बाँहें जब मेरी साइकिल के हैंडल पर होती थीं तो चिड़ियों के लिए, सबसे अच्छी होती थीं। अब, पंक्तिबद्ध मेरे कन्धों पर बैठी चिड़ियों के कारण, मेरे दोनों कन्धे चिड़ियों के कन्धे लगते थे। पीठ चिड़ियों की पीठ लगती थी। बाँह लगती थी, चिड़ियों की बाँह। सिर पर जैसे चिड़ियों की चहचहाती टोपी थी। कुछ ही दिन हुए होंगे कि अब मेरी साइकिल का हैंडल, चिड़ियों का हैंडल दिखने लगा। साइकिल की डण्डी में, करियर में, यहाँ तक की मडगार्ड में भी चिड़ियाँ बैठने लगीं। कोई भी समझ सकता है कि इस तरह मैं और मेरी साइकिल, दोनों चिड़ियों के भीतर थे। पर इससे मैं ख़ुश था और मुझे

पूरा विश्वास है कि इससे मेरी पुरानी-सी साइकिल भी ख़ुश ही होगी। घर लौटता तो मेरा कमरा भी चिड़ियों से भर जाता। यह भी कह सकते हैं कि वह उन मुस्कुराहटों से भर जाता था जो उन चिड़ियों को देखकर, उस दिन लोगों के चेहरों पर आयी होती थीं जो मुझे मेरे कमरे से बाहर, इस छोटे शहर में देखते थे। मुझे अब चिड़ियों के साथ-साथ लोगों की मुस्कुराहटें भी दिखने लगी थीं और सच कहूँ तो मैं बहुत ख़ुश था।

इस बीच एक दुर्घटना घटी कि मुझे नौकरी से हटा दिया गया। असल में मेरे मालिक का ज़्यादा दोष इसमें नहीं था। क्योंकि जैसे ही मैं अपनी साइकिल खड़ी कर अपनी नौकरी की जगह पर घुसता, मेरे कन्धों, बाँहों, सिर और पीठ पर सलीक़े से बैठीं चिड़ियाएँ तो मेरे साथ नौकरी की जगह पर जाती ही थीं, पर साइकिल के हैंडल, करियर, डण्डी, मडगार्ड आदी में बैठी चिड़ियाएँ भी, मेरे पीछे-पीछे नौकरी की जगह पर पहुँच जाती थीं और पूरे काम की जगह पर फैल जाती थीं। मालिक सिर्फ़ कर्मचरियों और ग्राहकों की मुस्कुराहट के लिए, चिड़ियों की अराजकता बर्दाश्त नहीं कर सकता था। उसने मुझसे कहा कि जब कल आओ तो बिना चिड़ियों के आओ या तो मत आओ!

मैं उस दिन जब लौटकर अपने कमरे में आया तो बहुत देर तक कमरे में नाचती चिड़ियों को देखता रहा। देखता रहा उनके साथ नाचती लोगों की मुस्कुराहटों को। सोचता रहा बहुत देर तक। फिर मैंने पाया कि मैं चिड़ियों को नहीं छोड़ सकता हूँ कि लोगों की मुस्कुराहट के लिए चिड़ियाँ ज़रूरी हैं। मेरी मुस्कुराहट के लिए भी वे बहुत ज़रूरी हैं। बिना मुस्कुराहट के जीने का कोई अर्थ नहीं था तो मैंने चिड़ियों को अपने लिए चुना और दूसरे दिन मैं साइकिल लेकर निकला ज़रूर, पर नौकरी की जगह पर नहीं गया। मैं पूरे शहर में भटकता रहा और लोग मुझ पर और मेरी साइकिल पर बैठी चिड़ियों को देखकर मुस्कुराते रहे। यह मुझे अच्छा लगा। अब मैं बहुत से लोगों के पास, मुस्कुराहट पहुँचा पा रहा था। पहले मैं अपने कमरे से नौकरी की जगह तक ही मुस्कुराहट बाँट पा रहा था, पर अब मैं इस छोटे शहर की किसी भी दिशा जा सकता था और मुस्कुराहट का घेरा बढ़ा सकता था।

कुछ भी कहो रास्ता निकल ही जाता है, अगर तुम इस तरह के विचित्र काम को अपनी नौकरी बना लो, जैसा मैंने बना लिया है कि मुझे लोगों में, चिड़ियों के साथ, मुस्कुराहट बाँटने की नौकरी करना है। यह अलग बात है कि इस नौकरी में एक पैसा नहीं है। पर सन्तोष बहुत है–और वह बिना पैसे के है। सच कहूँ तो कुछ दिनों तक मैं थोड़ा चिन्तित रहा। लगता रहा कि मैं यह ठीक कर रहा हूँ कि नहीं। पर

मेरा मन कह रहा था कि मैं ठीक कर रहा हूँ और मैंने मन की सुनी।

मन की सुनने से, हुआ यह कि लोग अब चिड़ियों को देख, पहले से ज़्यादा मुस्कुराने लगे थे। हुआ यह कि अब लोग चिड़ियों की प्रतीक्षा करने लगे थे। हुआ यह कि अब लोग चिड़ियों को दाना डालने लगे थे। हुआ यह कि अब लोग चिड़ियों के परों को सहलाने लगे थे। हुआ यह कि मेरे साथ की चिड़ियाएँ, अब पूरे शहर के लोगों पहचनाने लगी थीं। हुआ यह कि मेरी साइकिल, मेरे कन्धे, मेरी बाँहें, मेरी पीठ, मेरा सिर, चिड़ियों के लिए पूरी तरह घोंसलों की तरह हो गये थे। हुआ यह कि बच्चों का झुण्ड, पता नहीं कहाँ से आता और कितनी-कितनी दूर तक, मेरे और चिड़ियों के पीछे लगा रहता था। हुआ यह कि अब मुझे जब भी जिस चीज़ की ज़रूरत होती तो मैं उस चीज़ की दुकान के सामने अपनी चिड़ियों के साथ खड़ा हो जाता और मुझे बिना माँगें वह चीज़ दुकानदार मुस्कुराते हुए दे देता था। हुआ यह कि मुस्कुराते हुए दुकानदार के जवाब में, मेरे मुस्कुराने की ज़रूरत भी अब नहीं रह गयी थी–चिड़ियाँ ही दुकानदार की मुस्कुराहट का जवाब, चहचहाकर दे देती थीं।

हुआ यह भी कि मुझे इधर यह लगने लगा था कि मेरे जैसे कुछ लोग और इस शहर में और हो जायेंगे, जिनके सिर, कन्धों और पीठ पर, निर्भय बैठ पायेंगी चिड़ियाएँ और वे मुस्कुराहट बाँटने अलग-अलग दिशाओं में निकल जायेंगे। मुझे यह भी लग रहा था कि एक दिन ऐसा आयेगा कि इस शहर के हर स्त्री, पुरुष और बच्चे के कन्धों, बाँहों, सिर और पीठ पर बिना किसी भय के बैठने लगेंगी चिड़ियाएँ और इस छोटे-से शहर का हर स्त्री, पुरुष और बच्चा, अलग-अलग आसमान हो जायेंगे चिड़ियों के लिए।

इन सबके बावजूद, यह भी एक सच था कि कभी-कभी मुझे, अपनी पीठ के पीछे, एक शब्द 'पागल' सुनाई दे जाता था, पर सच कहूँ तो मैं उस शब्द की बिल्कुल परवाह नहीं करता था। वह शब्द मेरी पीठ पर आकर टकराता था, पर वह किसी पत्थर की तरह नहीं, बल्कि उस फूल की तरह टकराता था जो सुबह-सुबह चिड़ियों की चहचहाहट सुनकर खिला हो!

❑❑